クトゥルー　闇を狩るもの

青心社

カバーイラスト：鷹木骰子（たかきさいこ）

水妖の街

天満橋　理花

その日の雨は、川を天に接続したかのようだった。

滝沢昴（たきざわすばる）は昭和時代に建てられた家の二階の窓から、ささやかな畑を見ようとしていた。

夜も遅く、闇は濃い。昴は非常用持ち出し袋から懐中電灯を取り出し、窓越しに照らした。雨が細かく砕かれたガラスのようにきらめく。しかし畑の手前で細い光は力尽き、その向こうの水田については、実在すら疑わしくなっている。

ちょっと田んぼの様子を見てくると、部屋を出たらほんの百メートルで永遠に帰れなくなりそうだ。

昴は畑を見るのをあきらめて、懐中電灯も消した。

壁に貼り付けたポスター型モニタから流れる、ネット気象ニュース。細長いケーブルでつながれたカードサイズの手首用の携帯端末の位置情報から、この地区用のニュースが自動的に選択されている。黄色くすり減った畳の部屋で、名刺入れサイズのコンピューターは滑らかな緑のボディを光らせていた。

ニュースキャスターが「記録的豪雨です」と告げている。ご丁寧に昼間の気象庁の会見の動画に、気象衛星ひまわり11号撮影の画像つきだ。

「オッケー、メロボ。モニターに表示中の番組を止めてくれ。そのまま終了していい」

昴は左手首にはめた携帯端末に囁いた。

「わかったでチー。おやすみでチ」

小さな立体映像で３ＤＣＧのマスコットキャラクターが滑らかな人工音声で答えた。メジロとカボスの子供という謎設定の生き物だ。他にモズと梅の子供キャラなども選べたが、この丸っこい緑の小鳥が気に入っていた。

部屋に、雨音だけが響く。

朝は緑の中に、紅のトマトが光っていたのに。

この風雨では実が落ちるどころか、枝ごと折れてしまうだろう。

少しかたいのも気にせずに、全部もいでしまうのだった、と昴はため息をついた。

今年はついていない。夏も補強したはずの支柱が倒れて、キュウリがだいぶ折れた。

畑からキュウリが数本なくなった時に祖父が「河童の仕業だ」といった、数年前の記憶がふとよみがえった。自分は、川遊びに来た連中が、塩でもふって食べたんだろうと思ってるけど。

でも、もう畑にキュウリはない。

九州では夏の初めごろに旬が終わってしまう野菜だ。

部屋の窓から漏れるＬＥＤの白い光が、雨のレースカーテンをぼんやりと照らす。

スザザーッと車が、水を跳ね飛ばす音が響く。

すでに道路は溢(あふ)れた用水路の水で、茶色い小川と化していた。

車が通って行ったという事は、水の深さはそれほどではないのだろう。しかし、後で農業用水の掃除が大変だろうな。

昴は用水路の掃除自体は、そんなに嫌いではなかった。ただ、畑が小さい割りに自分達家族が担当する部分が長いと、祖父が愚痴るだろう。

「定年後の俺と未成年のお前しかいないのになあ」

夏の台風のあと、用水路のしがらみにかかった濡れた枝をカゴに入れながら、祖父はいった。

昴は窓に顔を近づけた。ガラスに映った自分の顔が、思ったより不安そうで思わずカーテンを閉めた。

避難所も用意されていたが、近所の小学校の体育館である。高齢の祖父を連れて、わざわざ泊まりたい場所ではない。

それに受験勉強もしたかった。電子書籍の参考書ならどこでも勉強できる……というわけにはいかない。

「メロボ、起動」

「起きたでチー」

別にミッとボタンを押すだけでも起動はするのだが。

昴は自分の目より、ネットのうわさに頼ろうとした。

小さな画面に精いっぱいの大きさで、今いる場所で大雨警報、という表示がされる。

「メロボ、それは、わかってるから」

「そうでちかー」

メロボは賢いＡＩなので、適当な相槌を打つ。

トレカサイズのタッチパネルの上を、短く爪を切った指で１ｃｍ、２ｃｍとはじくように操作する。昴は近くの川の名前、「坂瀬川」で検索した。しかし、同じような名前の川が日本に複数あった。ややこしい。

「メロボ、こういう時は、河川コードでも暗記してりゃ良いのか？」

「そうかもしれないでチー」

「メロボ、前回再生した動画を見せてよ」

「『北の国へと』を流すでチー」

トレーディングカードサイズの画面で、好きなミュージシャンのＰＶを見る。北海道で撮影したという、雪山が美しい。普段ならタンタタンと軽快なドラムを耳で楽しむのだが。

一曲聞いた後、マジメに検索すると近くの川の監視カメラからの映像が、途切れたという。

ＳＮＳで近所の住人だか、東京や青森の住人だかもわからない、様々な人々のリプライが、その情報に連なっている。アイコンを見ると人どころか犬や猫やタコやペンギンやトマトもいるが、まあ人だろう。

「川べりのカメラに雷でも落ちたか」

「安いカメラなんだろ。国交省も予算削減か」

「たまたま調整中とかじゃないのかよ」

「祟(たた)りで有名な川だろ？　河童の仕業じゃあ」

「真相は闇の宇宙人による工作でしたぁ」

「あなた、疲れているのよ」

「なあ、動画配信者の誰か撮影に行けよ」

「やだよ。こんな雨じゃドローンも飛ばせない」

「水位的には余裕っスよ」

「コンビニでコロッケ買い忘れた」

「レンジでチンするカリッとコロッケやみー」

「おい、宣伝か!?　うらやまし」

昴は豪雨の最中のくだらない会話に、ふっと笑った。

対岸の火事、いや洪水なのかもしれないが、なんとなく安心する。

しかし、この話題が目に入ってすっと指先が冷たくなった。

「堤防の近くにある、坂瀬川病院も危ないんじゃないか。親戚が入院してるんだ」

「それは大変だ、つかまっている宇宙人が逃げる」

足に持病があり、私立坂瀬川病院に通院している昴としては、スルー出来ない話だった。また、院長の孫娘、深野舞音(ふかのまいね)は同級生でもあった。

心配になって、もっと調べようとしたとき、コンコン、と昴の部屋のドアがノックされた。

「ずいぶんとひどい雨になってきたな。しかし、もう寝なさい」

祖父の滝沢徳也(たきざわとくなり)だった。

「畑が心配で眠れないんだ」

「夜起きていてもできることは、何もないだろう。明日は学校が休みになるかなどと甘い期待をしてはいけないよ」

「それに、坂瀬川病院も危ないかもしれないってさ」

「それはたしかに心配だな」

高血圧の薬を、毎週処方されている徳也の顔が曇った。

もし、薬の流通が滞(とどこお)れば祖父はどうなるのだろう。

「……川崎(かわさき)先生大丈夫かな」

昴は坂瀬川病院につとめる医師の身を案じた。川崎医師は米国帰りの車椅子に乗った医師だ。町の人に「都会の病院が医者側にとってバリアフリーじゃなかったから、ここに来たんだろう」と言われたりもしている。だが、おおむね名物医師という扱いで、昴も面白い人だと思っていた。車いすだが、山の近くの古い家に住んでいるという。山の近くと川の近く、どっちも危なそうだな。

「病院なら、この家より丈夫だろう。さあ、早く寝なさい」

「それにさ、上流のダムが崩れたり、近くの堤防が決壊したら、どう？　僕たち寝ている間におぼれてしまうんじゃない？　怖いよ」

山を河が削ったささやかな平地に、この町はあった。この日本列島ではありふれた地形だ。雨が降れば山崩れに、河川の氾濫。老朽化した橋は流されてもおかしくない。

「おまえの部屋は二階だから、寝ている間に魚になる心配はないぞ」

「そうだ、じいちゃんも今日は二階で寝たら？　ばあちゃんの部屋に布団を引いて」

「心配してくれるのはうれしいが、布団はもう下にひいてしまったな」

祖父はとっくにパジャマだった。

「ボクが持ってくるって」

「そうか、ありがとう」

じいちゃんは嬉しそうに笑った。

昴は数年前にこの世を去った祖母の部屋に布団を運んだ。おやすみの挨拶をして、自分の部屋にもどった。パジャマになるのは、不安だったので水着とジーパンのどっちにしようか悩んだあげく、ジーパンにした。

たいした意味もないだろうが、あらかじめプール用の浮き輪を膨らませた。

昴は靴下を履きなおしてから、布団にもぐりこんだが、なかなか寝付けないので、布団でさっきとは違うＳＮＳを見る。友人達の入っているメンバーの限られたＳＮＳだ。

夕方頃までさかのぼって、友人達の動向を確認する。

「うちの病院は念のため、外来の時間をいつもより短くしたの」と、舞音が書いている。投稿日時は学校から帰ったころだった。

舞音の病院は、記録によると数百年前は川べりの湿地だったという。

「私が子供のころ、ママが言ってたけど、昔はこの病院の建ってる場所にも蛍が飛び交っていたっていうの。それって、危ないってことじゃん」

かなり前に亡くなった舞音の母親の深野響は、病院の事務員を務める傍ら、郷土史を研究していた。昴は数時間前の舞音の発言に軽い同意を返し、自分の家はどんな土地に立っているのだろうかと考えた。昭和にはもう農地つきの家だったはずなのだけど。

詳しそうな舞音に色々と聞きたかったけど、クラスメイトが十数人はぶらさがっているＳＮＳ上で女子になれなれしく見える態度はとれない。

舞音とは母親同士が友人だったということもあって、仲が良かった。そして、両方とも母親が死んだという事もあって、親近感を感じていた。同じ大学に行ったら、もっと仲良くなれるかな、そんなことを昴は思っていた。

昴は全員向けに自宅にいる、とだけ書いた。舞音から笑顔の顔文字が来た。他に反応してくれそうな友人はみんな寝てしまったのか、特に通知はなかった。

川崎医師の公開ミニブログを見る。夕方、病院も豪雨に備えていると書いたきり、更新されていない。

こうなったら、自分も寝るしかないだろう。荒れてそうな畑の手入れも、明日学校から帰ってからだ。

昴はメロボのアラートがちゃんと朝6時半に鳴るかどうか、念のために確認した。

携帯端末をいじっている間にあったまった布団に包まれて、昴は眠りについた。

深夜、不気味な音と振動を感じて、昴は目が覚めた。

いやな音だ。壊れた洗濯機が揺れながら回っているかのような。

もしかして、用水路があふれて家の周囲が泥の海になったとかだろうか。

窓のところまで行ってみると、街灯の明かりに茶色い濁流(だくりゅう)が照らされていた。

「えっ、ちょっと待てよ!?」

これは本当に学校が休校になるレベルの災害なのではなかろうか。休校になったら、ちょっとうれしいが、この雨の調子だと授業ではなく、学校そのものが流れそうだ。

昴の脳裏にいつか動画で見た、渦(うず)を作りながら流されていく家の映像が思い浮かんだ。怖くなって、浮き輪を手に取る。藁（わら）よりマシだろう。

——誰かおぼれている!?

昴は濁流の中に人の頭と腕のようなものを見た。

助けなければ、とその人影らしきものに目を凝（こ）らす。

しかし、その何かは茶色い流れをイルカのように泳ぎ、ぬるりと潜ってたちまち見えなくなった。

人間じゃない？　魚か流木を見間違えたのか？

昴はメロボの動画カメラを起動した。謎の生き物を撮ろうと、もう一度窓に駆け寄った。バナナワニ園もここからは遠い。

後で行方不明者の話でも聞いたら、警察に証言しよう。そう思って一応時間を確かめた。

その最中に電気が消えて、周囲が真っ暗闇になった。

どこかで電柱が倒れたか。

「メロ……」

ニュースを検索しようとしたとき、家が聞いたことのない音をたててきしんだ。巨大な何かが家をスナックのようにバリボリとかじっている……そんな音だった。

「メロボ、ライトをつけて！」

異様な重低音とともに、畳が揺れる。

後でわかったが、それは急激に水位が増し、泥の流れが窓を突き破り、家の中を木と泥と石が流れていく音だった。

闇の中の小さな携帯端末の光を頼りに、懐中電灯を探し出す。

「メロボ、公共放送のラジオをつけっぱなしにして」

「わかったでチー」

携帯端末から、避難を呼びかけるニュースキャスターの声が聞こえた。水音でよく聞こえない。無線イヤホンをつないで聞いていると、どうやらこの近くの堤防が突如崩れ、すごい勢いでこのあたりに水が流れ込んでいるらしい。

しかし、災害現場の実況だろうか、悲鳴のようなものが混じっているのが気になった。

「助けてくれ！」

祖父の悲鳴だった。

昴はあわてて、イヤホンを外した。祖父が寝ているはずの部屋の扉を開ける。布団を懐中電灯で照らす。いない。

闇の中をさがすと、祖父は半ば水に浸かった階段で手すりに、必死につかまっていた。祖父の腰のあたりで、黒い水面がせわしない動きをしている。

「どうして!?　二階で寝ていたんじゃなかったの!?」

責める口調でいってから、昴はトイレは一階にしかなかったことを思い出した。

祖父が一階に降りたときには、まだ水は家に入ってきていなかったのだろう。

「うぐっ！　足が動かない。さっきひねったらしい。それに、布か何か絡まっていて……」

祖父は暗い階段でうつむき、水の中で足を動かしているようだ。しかしその何かがとれないらしい。

「昴、ロープか何かないか!?　そのまま水に入るな。ウウッ」

いったん水位が上がって、下がったのだろう、木の階段は泥にまみれていた。

昴は半泣きになりながら、自分の腰に洗濯用ロープを結び、もう一方のはじを手すりの一番上のところに結んだ。

震える手で手すりを握って、靴下を脱ごうかどうか迷う。二階に靴は置いていない。非常用リュックの中の防災スリッパは、泥に入るには向いてなさそうだった。

低くうめきながら、手すりに縋（すが）っている祖父に、昴は左手の携帯端末の明かりだけを頼りに近づいた。靴下を通して、尖（とが）った小枝を踏んだ感触があった。

「いたッ！」

昴はバランスを崩して、泥まみれの階段を滑り落ちた。とっさに左手を挙げて、携帯端末を守る。変な格好で足を水に突っ込む。そこでロープがピンと伸びて、昴を救った。

「大丈夫か！」

祖父が悲鳴に近い声を上げた。

昴は水の重さを感じながら、立ち上がって祖父の腕をつかんだ。

ずるりと水面から引き上げようとすると、徳也の足に汚れた布やビニールや草や枝がからみついていた。水と一緒に雑多なものが、流されてきたらしい。昴は手探りでそれらを取り除いた。

そのまま肩を貸して、手すりをつかみながら、暗く汚れた階段を上がる。

階段を上がり、板の間の廊下に祖父を降ろす。

「足が痛い」

徳也の泥だらけのパジャマをめくるとかなり大きな傷がいくつもあり、血が泥に交じって廊下に垂れた。

「メロボ、傷口から細菌が入る病気なんだっけ？」

昴は泣きながら、かすかな光を放つ端末に話かけた。

「ほうそうしきえんなどでチー」

聞いたことがない病名だった。端末の画面には「蜂巣織炎」と表示されている。昴はティッシュで傷口を拭いた。救急箱も、一階の黒い水の中だった。

懐中電灯で階段を照らす。さっきよりゆるやかに波立つ水面は、急激に上がってくる気配はないが、下がってゆく気配もない。

病院に連絡したが、通話中だ。

１１９番にかけた。混雑している気配がした。そして、今すぐに救急車を向かわせるのは難しいが、けが人の情報は報告するといわれた。

川崎医師のミニブログにも一応書き込む。

普段は連絡をしない、父親にメールしようかとも思ったが、やめた。月に三千円の養育費を送ってくれる父親だ。周囲の話では、新しい家庭があるのに、毎月払うだけ良い父親だという。昴もそう思うことにしていた。

懐中電灯の明かりを頼りに、ペットボトルの貴重な水で湿らせたタオルで祖父の傷口を拭う。

「大丈夫だよ、朝になったらきっと救急隊がこのあたりにもくるって」

徳也を励ましながら、昴は、自分の声のかたさが情けなくなった。やはり、避難所に行くべきだったのか。

家がパーン、ビシィとしきりに音を立てている。

「もしかしたら、水は二階にまで来るかもしれん。その時は、お前だけでも逃げろ」

「いや、それは心配しすぎだって」

徳也は痛みに軽くうめくと、意を決したように話し出した。

「この機会に母親について、本当のことを話そう。おまえの母親のゆかりは胃がんで死んだ、そう言っていたな」

「うん」

昴は何の話だろうと、身構えた。

「本当は、お前と同じ河童の病と言われる病だ」

「えっ!?　粘膜化上皮腫は死ぬ病じゃないはず」

そう、皮膚の角質が作られなくなり、肌が唇や腸壁のような粘膜に置き換わっていくだけ。ただ、難治性と聞いた。

「川に飛び込み、後日遺体が見つかった。おまえには親族が隠し通した。ふう、あどけない小学生に言えるわけがないだろう?」

「え?」

そんな話は聞かなかった、と昴は思った。

母は胃がんが転移して、最期は遠くの市にあるペインクリニックで、治療を受けながら安らかに死んだはずでは?　だが、自分は隣の市から引っ越してきた。父は母の死から少しして子持ちの女性と再婚し、自分は祖父と祖母に引き取られたのだ。

親戚や知人が黙っていれば、たしかにわからない。

「ゆかりはすらっとした美人だったからな。肩のあたりまで肌の色が変わって、全身を覆う服しか着れなくなった。とても気に病んでいた。いつも肌に薬を塗っていて。仕事もやめ、引きこもりがちになって、あの男……おまえの父親とも上手くいかなくなってな。本当にかわいそうじゃった」

自殺？　そんなにあの人生は辛かったのか？

母は残り少ない日々を夫や息子と穏やかに過ごしていたのではなかったのか？

その記憶は間違いなのか？

たしかに母は家にいることが多かった。それは、病気だから家事をしながら療養してるのであって、精神的な理由があったとは思っていなかった。何より息子の自分には優しかった。

昴は必死に母親の様子を思い出そうとした。

「……あの男と結婚したいとゆかりが言ったときに、もっと強く反対していたら。はあ、病気はなおらなくても、ゆかりはまだ生きていたかもしれないのにな。くっ」

徳也は半ば独り言のように続けている。

昴は、あいまいな返事をしながら、祖父の傷口に巻いたタオルが赤く染まっていくのを見ていた。

普段は昴の前では、別れた父の悪口を言わない祖父だった。だが、死を目前にして、堰が切れたのだろう。

水音がうるさくなってきたので、階段を照らして見ると、暗い水があと数段のところまで迫ってきていた。

しかし、けが人を抱えて豪雨の中、屋根になんて登れない。

昔の災害時に「テーブルの上に乗った」という話があったが、二階には古いこたつ机や本の並んだ学習机位しかない。

家のどこかにひびが入る音を呆然と聞いていると、メロボがチチーと鳴いた。ポンとボタンを押して立体映像表示にする。メロボは「川崎さんからメッセージでチー」と言って、画面を切り替えた。

「ケガをしたそうですね。傷口の写真がとれますか？」

昴はすぐさま写真を転送した。電話に切り替えて、消毒薬がないなどと説明もした。途中で、徳也と交代し、本人の口からケガや苦痛について伝えてもらった。

「家が持つようなら、朝になってから救助隊や自衛隊のヘリなり、ボートなりを待った方がいいのでしょうが。建築は専門ではないので」

「夜明けは遠いですね……」

昴は懐中電灯で、もはや段の見えなくなった階段を照らした。

川崎のきっぱりした声が、カードサイズの端末から聞こえた。

「実は、私は雨が小降りになったので、病院に向かう途中です。どうも、病院も沈みかけているみたいで」

「えっ!?　沈んでいるって病院が？　そんなに危険なら、行かない方がいいのでは？」

「私は電動ボートを持っているんですよ。このボートで、万が一の時は軽症の患者を安全に避難させることができます。ですから、そちらにも寄っていきます」

「そんな無理しないでください」

　先生は手足の不自由な体じゃないですか、という言葉を昴はのみ込んだ。

　川崎医師は普段から、杖や電動車いすで街から山までを走り回っている。障碍者の自立用機械のモニターでもある彼に、逆に失礼かもしれない。

「それでは、荷物を背負える程度にまとめて、待っていてください」

「通信が終了したでチー」

「この家は二階の天井まで水に浸かるかもしれないなあ。昴、通帳や財布、思い出の品をまとめろよ。おれは動けん」

「わかった。じいちゃんに必要なものはある？」

「はあ、ばあさんのアクセサリーの箱も、置いていくしかないな。お前が娘なら、真珠のネックレスぐらいは使う機会があったかもしれん」

「まだ、全部沈むと決まったわけじゃないから」

　昴は非常用持ち出し袋を、大き目のリュックに丸ごと入れなおした。

　英語の単語帳も入れる。祖父の言葉に、母親の形見として昔もらったお守り袋を入れる。

　ふと、開けてみるとお守りの札の他に、折りたたまれた紙が入っていた。薄い金魚の一筆箋だった。

「ゆかりへ。長浜神社の病気平癒のお守りを送るよ。それと、病院の寮に泥棒が入ったそうなので、娘に渡すものを一時預かってください。昴くんはハキハキと受け答えできて、将来が楽しみだね」――他に近況などがあれこれ書かれていた。署名は深野響だ。娘とは舞音のことだろう。渡すものが何かは書かれていなかったが、不思議な模様が描かれた小さなカードが、変色したマスキングテープで張り付けてある。

もしかして、ギフトコードかなんかだったのだろうか。とっくに無効になってそうだけど。

昴は手紙入りのお守り袋を大切にビニールに包んで、リュックのポケットにしまった。

二階の廊下まで、じわじわと飲み残しのコーヒーのような水が上がってきていた。

道路脇の窓の近くで、聞きたくない水の音に耳を澄ます。かすかなモーター音がした。

半分開いたカーテンの隙間から、さっと光が部屋を照らした。

「大丈夫ですか?」

窓を開けると、霧雨が顔に吹きかかった。

川崎医師がトレンチコートを着て、電動機付きの四人用のボートに乗っていた。ライトイエローのプラスチックのボディで、透明なフロントカバーがついている。

「ほんとに来てくれたんですね!」

「迎えに来ました。たしかにここにいては危ないでしょう。ですが、ボートも転覆(てんぷく)の危険があります。どうしますか」

「じいちゃん、どうする?」

「乗ろう。来ない助けを待つのも疲れる」

「すみませんが、荷物などは抱えてください。もし載せきれない荷物がありましたなら、後ろのゴムボートにどうぞ」

昴は身を乗り出すようにしてよくみた。すると、電動ボートの後ろにオール付きのゴムボートがつながれている。水や毛布とおぼしきものが、括りつけられていた。

「えっと、このリュックは足元に置いていいですか」

昴はけが人の祖父をなんとか後部座席に寝かせた。川崎医師の指示で、ビニールシートを胸までかける。

助手席に座ると、レインコート姿で揺れるボートのへりにしがみついた。電動ボートが発生する波の影響を避けるためだろう。ゴムボートは2メートル離れてつながれていた。

「すごい光景ですね……」

昴は、闇の向こうに変わり果てた街の姿を見て、呆然とつぶやいた。

「この泥水の下にも、木や家や車が沈んでいます。このボートはソナーやレーザーで水面上や水面下の障害物を感知します。そして、ＡＩが安全な航路を判断し、半自動で運転するようになっていますよ」

「すっごく便利ですねえ！」

「そうです。ただ、私の私物じゃなくて、借り物なので、沈めたら弁償なんですよね」

「たかそう」

　この状況だと船に傷ぐらいはつきそうだが、その場合も弁償かな、と昴はちょっと心配した。ボート本体より、カーナビの船版みたいなやつの方が高かったりして。

「このボートの速度は早足で歩く程度です。病院にいくまでには少し時間がかかるでしょう。あ、あと、万が一電力切れになったら、人力です。オールで漕ぎます。その時はよろしくお願いします」

「あっ、はい」

　昴はあわてて、周囲を見回した。水から、電柱の上だけが突きだしている。停電で街は暗い。空も黒い雲がたれこめている。天も地も闇だった。

　心細い。そう思ってメロボを起動し、ＳＮＳに写真付きで家を離れ、病院に向かっていると書き込む。舞音から返事が来た。

「病院の一階はもう半分水に沈んでいるの。患者とスタッフ全員、二階以上に避難しているけど、来たらあぶないかも」

「どうします？」

「神社は無事らしいから、君たちだけでもそこに送り届けましょうか。傷を洗って消毒するぐらいなら、そこでもできるでしょう」

「神社、もっと遠いじゃないですか」

「そうですね。やはり、病院に向かうとしましょう。おじいさんは疲れて眠ったようです」

「あの、川崎先生。自分の母親は河童の病で父親と仲が悪くなって、自殺したって本当ですか？　祖父に聞いたんですが……」

「それは……」

川崎医師は後部座席の祖父をちらりと見た。

「できれば知りたいです。ボクもこの病なんですから」

「私も他の医師に聞いただけだから、詳しくは知りません。ただ、滝沢さんのお父さんが妻を心配するあまりに、現代医療を無視した自然療法にすがったということで、病院側が警戒して情報を共有していました」

川崎医師の声に、雨がノイズを混ぜる。

「えっ!?」

「お父さんはあなたを、その自然療法グループに誘ったりしませんでした？」

「父には、自分の病気のことは話していません」

「それでいいと思いますよ。呪文を唱えて、謎の草を食べれば治るという話をしつこくして、奥さんやおじいさんとの仲が悪くなったようです。……彼なりに奥さんを愛していたのでしょう」

「そうだったんですか」

昴は動揺した。

「人のうわさです。あまり信じなくてよいですよ」

「ありがとうございます」

昴はうだつだけが水面から見える、金物屋のそばを通った。

この街の復興にかかる時間と費用はいくらだろう。

過疎化に拍車がかかることは免れないだろう。

「メロボ、河川の氾濫（はんらん）はどうなの？」

「ニュースの見出しを伝えるでチー。『三つの県で河川が氾濫』だそうでチー」

「大変だな……」

「ニュースは動画も見られるでチー」

昴は浮いている白い車を見た。

「メロボ、動画を撮って。バッテリーの残量の問題があるから、５０パーセントになった時点で切っていい」

「了解でチー」

左手で動画を撮影しながら、昴は右手でガサガサのレインコートのしずくをはらった。川崎医師はレインコートではなく、体にあったサイズのトレンチコートだった。水が表面を転がり落ちる加工がしてある。隙間もなく高級そうだ、と昴は一瞬羨（うらや）んだ。

そうか、義手と義足は電動式だっけ。どこまで防水なんだろう。

やまない雨に再び目を向けた昴の耳に、前方の少し離れたところから、声が投げつけられた。

「地獄で仏だ！　助けてくれ」

昴が懐中電灯を向けると、二階の窓を開けて４０代近いと思われるやせぎみの男性がタオルをふっていた。

「あ、笹島さんですね。ご無事でよかった」

川崎医師は面識があるらしい。患者の一人なのだろうか。

「この船は４人乗りなのであと一人のれますが、個人の船です」

「どういうことです？」

「私はボートのプロではありません。このボートは、消防や救急のような公的な救助ではなく、事故があっても責任は持てません。そして行先は坂瀬川病院です。それでも乗りますか」

「……それでもいい。すまないが、娘がいるんだ。６歳だ。どうか、私と一緒に乗せてやってくれ。娘は泳げない」

窓のところに、眠そうな子どもが出てきた。

「そ、それは……。小さな子供なら大丈夫だと思いますが」

川崎医師はためらっているようだった。

「滝沢さん達はよいですか？」

「いいですよ」

「ん……この状況では、しかたありませんな」

昴と起こされた祖父は答えた。


笹島親子が後部座席に乗り込んでくるとき、軽い船は揺れた。

「ほら、こんばんはしなさい」

「こんばんは」

肩までの髪にプラスチックのハートを飾った、女児がうつむきながら答えた。

母親はどうしたのだろうと昴は思ったが、口には出さなかった。聞かれたくないことかもしれないからだ。

「しかし、先生はすごいですな。電動車いすだけではなく、ボートまで運転できるとは」

笹島が乗せてもらった礼のつもりか、とりわけ愛想よく言った。

「このボートが特別製なのです。高齢者や手足が不自由な人でも、運転できる船を目指しています」

そうやって見ると、たしかに片手だけでも運転できそうな運転席だ。レバー1本といくつかのボタンとタッチパネル式のモニター画面のみ。ゲーム機よりもシンプルにまとめてある。

「そうか、実験用の船だったのか」

昴の後ろで祖父がつぶやいた。川崎医師が町はずれの休耕田やそのあぜ道で、新型の電動スクーターや電動歩行器のモニターをしている写真は、時々ＳＮＳに上げられていた。

「地方に若者はいない、介護の人手も足りない、それをあれやこれやの機械が補うってわけですな。今回は助かりましたよ」

笹島の娘は落ち着かない様子で、後ろを見ていた。

「何かいた！」

女児の金切り声が響いた。

「あのゴミかな」

笹島が指で示した先に、水色の発泡スチロールの箱が浮いていた。

「何かが泳いでいたの。ほんと！　きっとカッパだって」

「カッパはもう寿司屋にしかいないよ」

笹島があやすように答えている。

徳也がつぶやくように言った。

「このあたりに猫を５匹飼っていたばあさんもいたな。あれはどうなったんだろうな」

「あ……避難できているといいですね。周囲はボクが見張っておきますから」

昴が手にした懐中電灯の光は、濁った水の上で震えている。

さっきの家の前で見た黒い泳ぐもののことが、思い出された。

ボートが進んで少しした後、昴もまた暗い水の合間に何かの頭を見た。そいつは光で照らすと、音もなく水に沈んだ。

「やはり、何かいるんじゃないですか？」

「亀か魚でしょうが、人かもしれません。一応、ボートについてる浮き輪を投げてみてくれますか」

「これですか」

昴はロープのついた浮き輪を何かがいたあたりにほうった。

すると水の中から、出てきた手首が浮き輪についた紐(ひも)をぐいと引いた。

昴は泥水に落ちそうになって、あわてて踏ん張った。だが、濡れた二本の手で手首をつかまれた。

「いま、助け……」

左手の懐中電灯で、手元を照らすと髪がまだらに生えた、ぬるっとした蛙(かえる)のような顔が水面から出ていた。

「ひいっ！」

あわてて手を振り払おうとすると、小さなボートが大きく揺れた。

「みんな、ボートがひっくりかえらないように注意を！」

川崎医師が叫んだ。昴は、この船に乗っている人のうち、誰が泳げるのかを考えた。

――まずい！　この水はプールなんかよりずっと深い。

昴は自分を引っ張る手に、本能的に悪意を感じた。おぼれた人間が縋っているのとは違う。水底へと引き込もうとする手だ。

「やっ、やだ！」

「このっ！」

徳也が座ったまま、ボートに備え付けられていたオールで、その生き物を叩いた。

「ギュクン！」

悲鳴らしきものをたてて、不気味な生き物は一瞬ひるんだ。

次の瞬間、青銀色の杖が、生き物のぬらっとした額のあたりに突き刺さった。

「モギャアッ！」

今度こそ、悲鳴があがり、それは鯉のように暴れた。

昴の右腕はそいつに放り出された。昴はおもちゃのように、揺れるボートにしがみついた。

「カルネアデスの舟板ってことで」

フェンシングの構えで杖を握っているのは、川崎医師だった。夜の中で、鷹のように目が光っている。

「おそらく相手は死んではいません。逃げたいのですが、この船は遅い。みなさん、周囲に警戒を」

何が起きたのかよくわからないままに笹島も、その腕に抱かれた娘もうなずいている。

昴は、左手首の携帯端末を見た。

「メロボ、録画中か？」

「録画中でチー。再生するでちか？」

「そのまま撮って」

あれは何だったのか？　川崎医師は知っているのか。

父親と別れてこの市に来た時に、近所の道場で格闘技を習い始めた。その記憶が、目の前の現実に関連動画として、差しはさまれる。

「病院は近くです！」

ボートのモニターを見た川崎医師の表情が、ファッと明るくなった。

雨のホワイトノイズの先に、三階建ての病院が見えた。もう、二階建てに見えるが。自家用発電機が作動しているのだろう。窓に明かりがついている。停電の闇の中でそれは、頼もしかった。

「この非常階段から入ろう。メッセージで連絡済みだから、スタッフが待っているはずです」

その言葉が終わらないうちに、非常階段の扉が開かれた。中に二名の白衣の男性が立っていた。

昴がゴムボートを横付けするのを、扉の中にいた若い方の男性が手伝ってくれた。

　昴たちは二階から中に入った。川崎医師はさっきの杖を持って、義足で立っている。見るとさっきと違い、杖の先にゴム製のキャップがはめられていた。

「この洪水の中をこの小さなボートで来たのか。ノアはちゃんと大きな船を作ったのに」

　一行の話を聞き、眼鏡をかけた白髪の医師は、気難しい顔で川崎医師に言った。

「すみません。人手がいるかと思いまして」

　川崎医師は頭を下げている。

「あのね、カッパと戦ったよ」

　笹島の娘が真剣な顔で報告した。

　その言葉に、もう少し何かいおうとしていたらしい白髪の医師は、一度だまった。

「この人たちを案内しなさい。事情は佐藤に聞いてね」

　川崎医師にそういうと、その医師は廊下を歩き去った。

　昴たちは、佐藤医師に三階の病院の待合室に案内された。

「少し待ってください。あとで治療室にご案内します」

　佐藤医師は紙にボールペンで書いた番号札を、徳也に渡した。

「滝沢昴さん、でしたね。ケガなどしていませんか」

「あっ、大丈夫です」

昴は少し汚れたままの手を見せた。

「ご無事でよかったですね。他の方は？」

「笹島です。私はへーきですよ。ともかく助かりました。このまま、病院で夜明けを待てば、自衛隊が助けに来るでしょう」

「しかし、雨がやんでも上流から水が流れてきて、増水は続くかもしれませんな」

笹島の話に答えながら、徳也はケガした足をさすっている。

「今、この病院にはおよそ１００名の患者やその家族、避難してきた近所の方がいらっしゃる。病院側のスタッフは合計で１００名です。この二百人を一隻のボートで避難させるのは、無理でしょうねえ」

佐藤医師は、人が行き来する周囲を手で示した。昴たちのように健康、あるいは軽傷だが、家が危険なので逃げてきた近所の人がそれなりの数いるらしい。病院は、一階と地下室への浸水で部屋も資材も不足気味だという。

「それに、避難させるとしたらかなり遠い場所になるでしょう。周囲の病院は多かれ少なかれ被害を受けていると連絡がありました。さらに、事態の悪化を予想する報道もあります」

「うん、朝に助けが来たとして、自衛隊や消防局のヘリやボートでの救出も数人ずつだろうね。もちろん、救出のプロの方が信頼できるので、屋上まで水が来ない限り、再びあのボートで逃げることはないね」

同僚相手だからか、川崎医師の口調が軽い。

「正直、あぶなかった」

徳也はため息をついた。昴は助けてもらったんだから、と言おうとしたがあのまま「河童」に水の中に引き込まれていたら、どうなったかはわからない。

「水が全部引いても、普通の車はおそらく通れないんじゃないでしょうか」

昴は何年か前に見た、豪雨災害の報道写真を思い出しながらいった。

「ともかく、朝まで眠ることにしよう。夜はおばけの時間だ」

笹島は娘にそういった。

病院内の廊下には、毛布にくるまった人々が座っていた。健康な避難者はベッドではなく、ソファや床で寝ざるを得ないのだった。

治療する場所があいたということで、川崎医師は徳則と昴を連れて行き、診察をした。

「やはりこの腫れは、水に流された時に足を捻挫したのでしょう」

手早く、洗浄し、消毒し、湿布を貼って包帯を巻く。左手は義手なので、普通の人の二倍ぐらい右手を使っている印象だ。

「ゆっくりなら、歩けますよね」と、緑色のトリアージタグも渡された。

そのあとは、徳也もソファで座って眠ることにした。

昴も眠り込んだ祖父の隣で眠ろうかと思っていたが、なんとなく落ち着かず自分の大きなリュックを背負って、二階を少し歩いた。

すると、見覚えのある顔をみつけた。父だ。最近はSNSで写真を見るだけだったし、写真より少し老けているが間違いはない。詳しい値段はわからないが、いいスーツを着てPCの入ってそうなカバンを持っている。仕事でこの近所に来た時に、巻き込まれたとかだろうか。

思うところはあったが、無視するのもおかしいと昴は挨拶をした。

「昴。元気だったかい。受験勉強は進んでいるか。でも、病院にいるということは、どこか悪いのかな？　ケガかな……もしかして粘膜化上皮腫か」

「どうして上皮腫とわかったの？」

昴は、父親との数少ないSNS上のやりとりを思い出してみた。自分の病気のことは、書かなかったはずだ。

「ゆかりのことがあったから、昴までそうなってしまったらと心配しているんだよ。何かあったら、相談して欲しいな」

父の薄い唇が笑みの形を作った。

「いいよ。いつも、養育費ありがとう。お仕事頑張って。ボクはじいちゃんのところにいく」

昴はそれだけいって、父親に一礼してあわてて歩き出した。窓の外の雨はまたはげしくなっていて、だらだらと窓に水がたれている。

病院の自販機で売り切れてなかった経口補水液を、昴は買った。他の人たちも貴重な水だと思っているのか、周囲を気にしつつ数本買ったりしている。

経口補水液のうすい塩味は、涙や汗が溶け込んだように思えた。

無線タイプのイヤホンをつけて、メロボに小さな声で囁く。何か悲しい歌を流して、と。

なぜか緑の鳥は、「荒城の月」を選択した。昔の光いまいずこ、という歌を水没した家々を見ながら聞くと将来への不安で溺れそうになった。


昴は、半分になった経口補水液のペットボトルを持ったまま、祖父のところに帰ろうとした。意識したせいか、足にかゆみがあった。後でトイレででも、粘膜化上皮腫の薬を塗るか。昴までそうなってしまったら、というのは全身にこの病が広がることだろうか、それとも母のように自ら命を……。

「あの、滝沢さん？」

という声に、顔を上げるとこっちに歩いてくる友人の姿をみつけた。大きな瞳が自分を見つめている。ここの院長の孫娘である、深野舞音だ。彼女はブラウンの髪をアップにまとめていた。

「滝沢さん、無事についたの。よかったー！　三日分の水と非常食はあるから、安心してね」

舞音の笑顔に、昴も少し笑った。祖父の病院が水没しかけているのだ、舞音だって大変だ。

昴は舞音を励ますつもりで、もう一度笑顔を作った。

「そういえば、河童の病について、深野さん前に言っていたよね。聞きたいことがあるんだけど……」

舞音は周囲を見回した。

「そうそう、滝沢さん。ボートに乗ってきて、疲れてない？　眠れないなら、いいとこ知ってるから、おいでよ」

舞音が案内してくれたのは、院長室だった。執務机の前に来客用のテーブルがある。付属の小さなキッチンで、舞音はアールグレイティーを入れてくれた。冷蔵庫から国産葡萄ゼリーなるものを取り出して、銀色のスプーンも添えてくれる。

「ミルクとお砂糖も入れると楽しくなるよ」

「ありがとう。両方お願い」

青いバラを描いて、金で縁取った薄い白磁のカップ。いれたての紅茶は、上品な香りを漂わせている。

「ここなら、人に聞かれないよ。祖父は下の会議室に詰めてる」

舞音の気遣いに、昴は頭を下げた。

「そうそう、音楽をかけよう。好きな曲ある？」

昴は舞音の好きな曲でいいと返した。

「じゃあ、これね。ママは音楽が好きだったの。民謡を合成音声で再現したり、自分で作曲もしてた。これはそのひとつ」

　携帯端末連動スピーカーから、ヒュウゥーと不思議な音が響いた。

「不思議な音だね」

「木や竹の笛の音を、コンピューター上で再現したものを使っているんだって。ママは世界の楽器をコレクションしていた。コンピューター上で、だけど」

　舞音は紅茶を一口飲んだ。飲むというより、かいだ。昴は舞音の透明なリップクリームを塗った唇を、やわらかそうだと思った。

　昴は熱い紅茶を後回しにして、ゼリーを一匙口に運んだ。滑らかに舌を流れ、ワインに似た香りがした。

「おいしいね」

「外は水に囲まれているのに、冷蔵庫が生きてるっていいよね」

　音楽は、いつのまにか百の鈴を振るような音で、リズムをとる曲にかわっていた。

　昴と同じく母を亡くした舞音にとって、この曲は母の遺産というわけだろうか。

　家を出る前のことを思い出して、昴は病気平癒のお守り袋を取り出した。

「なんだろ。二次元コードみたいだけど？　私の携帯端末に読ませてみるね」

「深野響作の音楽ファイルの解凍コードでケキョ。実行するでケキョ？」

濃い赤の丸い小鳥が、立体映像として浮かび上がった。メロボと同じシリーズなのが、昴にはうれしかった。

「ウグメ、実行して」
ピ、と解凍が終了した。
歌の説明が、カードサイズの画面に表示された。携帯端末が読み上げる。

「『出現』『消失』これらは名状しがたいものの歌。この歌は、深きものの出現時まで再生すべきではない。この二つの歌は神秘により、深野響の手で合成された」

「ん、今聞いちゃだめなヤツ？」

十秒ほど、舞音は考え込んでいた。

「うーん、ママ、神話ポエム好きだったからな……。身まかる前に何か言ってたような？」

「えっと、渡すのが遅くなってごめん。ボクの母の形見だと思い込んでいて」

「ううん、ありがとう。ママのお守りをこんな非常時にも、大切にしてくれて」

「……たいしたことないよ」

昴はいい雰囲気だな、と思いつつも、それを受け止められなかった。

「あのさ、河童の病について。ネットで検索するとオカルトっぽい話と風土病ってことで、差別的な話が出てさ。だから、医者の話だけ聞くようにしてた」

「あー、ネットって意地悪な人多いよね」

「昔は河童と言えばカワウソだったんだから、河童の病は肌がフサフサになる病気なのが正しいとか」

「そうね、ママが祖父と色々話していたわ。病気自体は古くからあるみたいなんだけど、昔は色んな皮膚病がごっちゃに思われていたって。ほら、江戸時代の人とか、なんでも祟りっていそうじゃん！」

舞音はおどけた調子で、手を広げて見せた。

「多くの病気は原因不明だって、おじいちゃん言ってたわ。答えを求めすぎると、神や悪魔の仕業になってしまうって」

「そうだね……。河童の病で、ボクの母がいなくなったのとか、運命とかそういうものだよな」

昴は残った紅茶の水面に映る、天井のライトを見ながら、必死に泣かないようにしていた。

――目の前にいる、舞音だって辛いんだ。母親はこの世にいないし、この病院だってあぶない。

母親が死に、父親とは別れ、高齢の祖父と二人ぐらし。祖父はいつ介護が必要になるかわからない。畑も家もだめになった。生活を立て直すのに、いくらかかるかわからない。祖父の職場である倉庫がどうなったかは、わからないけど無傷とも思えない。公立の大学に進学しようという、昴の目標は受験まで半年のこの時点で潰えたも同然だった。舞音と同じ学校に行くことも、成績的には届かない夢ではなかった。だが、一夜ですべてが変わった。

「どうぞ」

舞音が革製のボックスに入ったティッシュを、両手で差し出してくれた。

「ごめん……」

「滝沢さん、朝になったら助けがくるし、きっと思ったほどひどいことにはならないよ。明日この病院を一緒に出よう。滝沢さんはボートでこの病院までこれたんだよ。強いよ、ラッキーだよ」

「川崎先生がすごいよ。あの人、足が不自由なのに。アメリカで研究してた時に、銃乱射に巻き込まれたんだって、噂で聞いたけど、ほんとなの？」

「ほんと。若いころ、外国には猫アレルギーの人でも飼える、低アレルゲンの遺伝子操作された猫がいると聞いたんだって。先生のおばあさまが猫好きだったのに、アレルギーで猫を飼えなくなったみたいなの」

「なんかすごいな。卵アレルギーの人でも食べられる卵とか、いろいろ作れそう」

昴はちゅるっとゼリーをたべた。

「川崎先生は4年前に日本に帰ってきてからは、この病院で粘膜化上皮腫の研究者としてもがんばってたの」

川崎医師が自分の担当医だったのは、そういう理由もあったのだろうか。

いっそ、出来立ての危ない薬とか治験されたい。自分は、この病が嫌いだ、今日はかつてなくそう思った。

冷めた紅茶をすする。渋みが強くなった液体が、昴の舌の上を流れていった。

そういえば……。メロボに頼んで、昴はさっきの映像を舞音に見せた。案の定、映像は不鮮明で、どう見てもオカルト映像だ。

「これ、河童っぽいけど、人……かな？　どう思う？」

舞音に正気を疑われないかと恐るおそる聞く。

「えっと……」

舞音はためらいがちに口を開いた。

「粘膜化上皮腫が進んだ人が、こういう全身ぬめっとした外見になるのは知ってるけど」

「そうなの？」

患者本人としては、あまり聞きたくなかった。しかし、そうも言ってられない。

「写真、研究室にあるよ。見られるか、川崎先生に聞いてみる」

舞音は、左手のカード型携帯端末を操作した。

「大丈夫みたい。川崎先生、少ししたら来るって」

「やっぱり、こういうのって不気味だよね？」

昴は舞音の表情をうかがいつつ、聞いた。

「ケガと病気は、人間にとって当たり前じゃん。私の母親は、うろこに覆われて死んだの。祖父はそれを見て、より熱心に皮膚病を研究したんだ」

舞音の笑顔は、降り注ぐ不幸にたえるための傘のように見えた。昴は、ぎゅっとティッシュを握った。

「ね、先生がくる前に、ゼリー食べようよ」

昴は舞音と一緒に、ぬるくなったゼリーを食べた。


「研究室？　今は非常時だから、閉めています。このまま電気が切れたら培養中の細胞とかはあの世行きだろうな。細胞だけで行ける、天国や地獄があるのかは知らないが」

院長室に来た川崎医師は、大小の車輪と、四本足と二本の手がついた特製の車いすに座っていた。冷めた紅茶をレンジでチンして、砂糖をザラりと入れて飲んでいる。車いすの両側に取り付けられた金属製の手の左の方が、透明なトレイを持って、カップの置き場を作っている。

「ふう、一息付けました」

病院に来てから、やすむ間もなかったのだろう。

「せっかく粘膜化上皮腫を研究したのに、こんなことになって残念ですね」

「自然災害でプロジェクトがつぶれる、日本ではよくあることです。さて、粘膜化上皮腫の患者の写真が見たいんですね。私もボートでのあれはそうだと思っています。粘膜化上皮腫について調べてるせいか、たまに怪しい者に襲われるんで、仕込み杖を持っていたりするんですよ」

　川崎医師は、車いすの背もたれ部分に差した、ブルーシルバーの杖を示した。

「ええっ、慣れているからあの対応だったんですか」

「はは、敵は宇宙人か、某国のスパイか。それとも、謎のカルトかな」

　川崎医師は、アメリカ帰りのせいか、肩をすくめる仕草がさまになっている。

「実はね、深野院長の仮説では、明治時代より前に何者かが、ここらの住人数十人に遺伝子操作をした、です」

　さすがにありえないでしょ、それ、と昴は突っ込みたくなったが、専門家にいうことじゃないと黙ってうなずいた。ネットでの様々なうわさ話が脳をよぎった。

「カルテが残っているだけでも、１９５０年生まれの人がいます。放射線で遺伝子を傷つける原始的な遺伝子操作が、せいぜい１９７０年代ですよ。しかし、粘膜化上皮腫は特定の遺伝子が欠損しているとか、同じ遺伝子が繰り返されているとかいう単純な変異じゃないんです。人類をカエルやナマズやタコに改造しようという、何者かの意志を感じる堂々たる長文の塩基配列で」

　昴は教育用のテレビ番組を思い出していた。自分は二重らせんの文字列から作られていると。どことなく怖くなって、自分の手が人間の手だと確かめる。

「まあ、進化とは神のデザインと言ってしまえばそれまでです。この数十年の間に遺伝子工学は進みましたが、今でも人間の遺伝子を操作するのはまず犯罪です。どう思いますか?」

昴はなにがなんだかわからなくなった。

舞音はすでにいろいろ知っていたようで、うなずきながら静かに聞いている。

「日本では犯罪ですけど、海外では違ったりしません?」

昴はおそるおそる聞いた。海外には旅行すらも、行ったことがなかった。

「おっ、いい質問ですね。私がアメリカに行った理由も向こうの方が、小麦や大豆も含めて、遺伝子改良生物の利用が盛んだからなんです。オワンクラゲの遺伝子を導入されて、発光するようになったエンゼルフィッシュの群れが、水槽で泳ぐ様は生きたネオンサインです。アメリカは自由の国でした。それゆえに、私は左手と左足を失ったのですが」

「銃で撃たれたことは、お気の毒です。あー、ほんとのことをいうと、……自分のこの病気が、壮大な陰謀の結果の可能性も出てきたので、笑っちゃいます。ちょっと肌がぬるぬるするだけの、命に別状はない病気じゃなかったんですか?」

昴はふふっと笑った。ちょっと、涙が出た。

「さあ、研究室にいきましょうか」

「その車いすの足って、何のためについているのかと思ってましたが、階段を一人で上り下りできるんですね」

昴は川崎医師がストストと四本足で、スタッフ用の階段を下りるのを、感心して見守った。このタイプの車いすはまだ珍しい。

「今みたいにエレベーターが、止まっているような場合は、便利ですよ」

「ほら、地下や一階が浸水してるから、エレベーターは動かせないの」

関係者以外立ち入り禁止区域の廊下を三人が進んでいると、スタッフの一人が昴がいることに不審な顔をしたが、医師と院長の孫娘と一緒なのでそのまま忙しそうにすれ違った。

川崎医師は、カードキーで開錠しながら、舞音にいった。

「あっ、そういえばこの研究室の電気錠は、停電になったら、動かなくなるんですよね。停電に備えてここも開錠しっぱなしにした方がいいかもしれない。深野さん、院長先生に予備のアナログキーをもらってきてくれませんか」

わかりましたと、舞音がスカートをひるがえして歩き去った。

電気をつけると、白い光が金属とガラスでできた装置が並ぶ、広い部屋を照らし出した。

「おや？」

川崎医師が、異変に気が付いて、スッととまった。

床にファイルが散乱している。さらに床のところどころが濡れていた。

「誰かが安全な場所に移すために資料を持ち出そうとしたのかな。それにしても、これは雑……」

その時、机の下から何かが飛び出してきた。川崎医師がクイッと車いすのレバーを操作した。銀盤のフィギュアスケート選手のような滑らかさで、多脚移動式車椅子が机の角をくるりと曲がった。どうやら「走る、曲がる、止まる」という点においても優秀な車いすらしい。

「スクルド、防御モード起動！」

川崎医師の声が、研究室に響き渡った。あの車いす、名前があったのか。

「ＯＫ」

その不審者はぬらりとした体に水泳パンツのみ、という格好だった。

右のこぶしを川崎医師めがけて振り下ろす。

するとスクルドが金属アームに、透明樹脂のボードを持ち、その攻撃を防いだ。

えっ、あれ、盾に使えるんだ。昴は驚きつつ、自分も身構えた。

スクルドは左右のこぶしをすべて防いだ。空間認識能力が高いのだろう。

「フウッ！」

その不気味な男が川崎医師の胸あたりを蹴ろうとすると、スクルドはスッと後ろに下がった。ぎりぎりで空振りした男のみぞおちに、川崎医師の杖の先がめり込む。今回はゴムのキャップ付きだが、男は胸を押さえてうめいた。川崎医師は倒れた男をバンバン杖で叩いている。男の方もその杖をつかもうと手を振り回している。

そのさなかに昴の左脇のオートクレーブのガラスに、動く影が映った。ハッとして、川崎医師の方へ走り出す。

「近づくな！　今のスクルドは私に近づくものを敵とみなします！」

「ええーっ!?」

昴は仕方がないので、机の角を逆に曲がって振り返った。季節外れの短いワンピースの女性だった。髪は短く、肌はやはりぬるっとしている。

この部屋には二人隠れていたのか、と思ったら、誰かがドアを開けて走り去っていった。

「しまった！」

川崎医師の声が鋭い。

「滝沢さん、この男に手錠を！　スクルド、同僚の佐藤医師にメッセージを。メッセージ開始、研究室に急いできてください、送信。スクルド、ターゲット設定。今私が指さしている相手です」

川崎医師は、不審な女を目標に設定しなおすと、昴の方に手錠を放った。警察のと違う、柔らかな革製の手錠だ。昴は倒れた男に手錠をかけようと、駆け寄った。男はよろよろと起き上がろうとした。格闘技の練習以外で人間を蹴ることに慣れてはいなかったが、歯を食いしばってその胸をドンと足で押さえつける。ヌルヌルする相手に手錠をはめた。そのまま、馬乗りになる。

「ん、手早い」

川崎医師が昴の方を振り返った。実のところ、昴がここまで強いとは思っていなかったらしい。何回か前の診察の時に「受験のため好きだった格闘技をやめました」「へえ、筋肉あるとは思っていたけど、格闘技習っていたんですね」という会話をしたのだが。

川崎医師が昴を見たのを隙と見たのか、女が近くの椅子をつかんで振り上げる。忠実なスクルドの車輪がすっと間合いをとった。女が振り下ろした椅子は床にガツンとあたった。

女は川崎医師が強いとみて、近くの机の上にあった分厚い本を投げつける。スクルドはそれも盾ではじいた。

女は不利とみて、そのままドアの方に走り出した。川崎医師がそれを車いすで追う。しかし、女は今度は本をライトのスイッチに投げつけた。

見事に当たって、研究室の電気が消える。スクルドは暗闇での走行は危険と判断して、一時停止した。昴の体の下にいた男が全力ではね、昴は肩を床にぶつけた。

「スクルド、ライトをつけろ」

車いすの小さなヘッドライトがついた。しかし、全員にすでに逃げられていた。

「なんかもう、症例写真を見るまでもありませんね」

さっきボートで見た男とは違うようだったが、あの男は全身の皮膚が角質のない皮膚になっていた。

「ボクもいずれああなるのかな」

昴は自分の足をさすった。

「それはわかりません。部分的な肌の粘膜化で、一生を終わる人もいます」

「うん……」

舞音がカギを持って戻ってきた。

「事態は深刻ってことです。彼ら、泳ぎが得意なんですよね。あの角質のない皮膚は水中での皮膚呼吸が可能で、普通の人間とは潜れる時間が違う。この病院から、余裕で逃げられます」

「そこが、遺伝子操作とか言われるわけなんですね……」

昴は母親も泳ぎが得意だったな、と幼いころの記憶を探ろうとしたが、また泣きそうになってやめた。

「目的はなんなのかな?」

舞音は腕を組んだ。

「患者のリストやデータかとは思っています。もう盗まれた後かもしれませんが。今はあの部屋から逃亡した三人と、佐藤を探さないと。研究室を開けるカードキーを持っている人物の中で、連絡がつかないのは佐藤だけなんです」

「奪ったカギで侵入ってことですか……」

昴はぞっとした。

「あの、職員用ロッカーとか借りられますか？　また格闘になったら荷物をしょっていると不利なので」

昴は肩から、腰のあたりにバッグをかけた軽装になった。

「研究室の床が濡れていましたし、敵はおそらく泳いで侵入したのです。そうなると、外付けの非常階段を登って、屋上からという可能性が高い。堤防決壊後、いざというときのために非常口や屋上への扉は開錠しているそうなので、入り放題です」

川崎医師は屋上や非常階段を見てみようと言った。研究室以外でも不審人物の目撃はあるが、貴重品目当ての泥棒かもしれないともいった。

まあ、さらに増水したらみんなで屋上へとなるだろうから、開けておくしかないだろうな。

「一応、ボクも武器を持っておきます」

昴は腰のバッグから、農具を取り出した。

「ナタ……？」

「災害時に流木や倒壊した家の木材で焚火(たきび)をしたという話を、昔読んだので」

「すごい！　役に立ちそう」

「普段は果樹の枝とかこれで払ってるんです」

舞音は通信係という事で、左手の携帯端末を構えている。カメラで記録したり、不審な出来事があったら、警備員や院長に連絡するのだ。

「悲鳴を上げるのだって、まさかの時には役に立つでしょ」

「深野さんたちの顔をスクルドに味方として、登録しておきましょう」

「そんな機能あるんですね。かしこーい」

昴は車いすの背もたれについている、カメラと目を合わせた。


屋上は、しとしと降り続く雨に濡れていた。まだ夜はあけていない。

LEDライトがいくつか設置されていて、床にたまった水を照らしている。

周囲は膝までのコンクリと、大人の胸程の高さの柵に覆われていた。奥には給水塔と、大きな物置にも見える、非常用電源が並んで音を立てている。

「これのおかげで、電気がついてるんだよね。感謝、感謝」

舞音が手を合わせた。

「給水塔にも異常なし、かな。こういう見回りはエンジニアの人の方が……」と、昴が言いかけたとき、非常用電源の背後に隠れていた誰かがとびかかってきた。

「うわぁ！」

とっさにナタをカバーをつけたまま振り下ろす。ガツッと鈍い音がした。相手はバールのようなものを持っていた。侵入する気満々というわけだ。

「下がれ！　いたぞ」という川崎医師の声が響いた。

「スクルド、防御モード起動！」

その声を聞いて、昴は舞音の手を引いて非常用電源から離れた。巻き込まれないため、川崎からも少し距離をとる。３人の薄着の水妖が川崎にバールやハンマーという工具で打ちかかる。昴たちも二人の水妖に、鉄の大きなハサミとペンチで殴りかかられ、ナタで必死に応戦した。ガツガツと低い金属音。

舞音は携帯端末を起動して、助けを呼ぼうとしたが、水妖の一人に蹴り飛ばされて、コンクリの床に水を跳ね飛ばしながら転がった。

「まいねーっ！」

昴の叫びに、舞音は少し動いた。生きてはいるようだ。

スクルドは素早く防御しているが、三人がかりだと防ぎきれないらしく、川崎医師の細い杖も、急所ではない肩や腕にしか当たっていない。

一人がバールを横に力いっぱいふり、川崎医師のライトブルーの杖が、屋上に転がった。スクルドは、後ろに下がったが、屋上に歩ける場所は少なく、すぐに壁際に追い詰められてしまった。

水妖の一人が川崎医師の首を絞めようと腕を大きく伸ばした。その時、川崎医師の左腕が青白い光を放ち、水妖が絶叫をあげて、コンクリの床に倒れた。

「この左手の義手はスタンガンなのですよ。貴方達の肌は人間と違って、電気をよく通すのが弱点です。特にこんな雨の中では」

他の水妖が驚いて、距離をとった。

「三人とも抵抗はやめて、屋上のその隅に移動してほしい。さもなければ、この非常用電源を破壊する」

昴の知っている声が非常電源のそばから響いた。

「父さん、いえ、杉谷聡(すぎたにさとし)さん!?」

杉谷とそのそばにもう一人、バールを持った水妖がいる。

「非常用発電機を壊すと、死んでしまう患者さんもいます！」

コンクリの床から身を起こした舞音が訴えた。

「では、深野家のお嬢様。私たちが研究室に資料をとりに行くのを、今度は邪魔しないでくれますね」

「……はい」

舞音のこめかみのあたりから血が流れている。

「さあ、研究室のアナログキーを渡してもらおうか」

杉谷は川崎に向かって手を伸ばしている。

「まって。どうやって佐藤医師からカードキーを奪ったのですか？」

「佐藤医師？　知らないな」

　杉谷の答えに、水妖達がヒキガエルの鳴くような笑い声を立てた。

「杉谷…さん。あの研究がそんなに必要なんですか」

　昴はナタを構えたまま問うた。目の前には、ペンチを構えた水妖。

「妻の病を調べていた私は、宇宙の真理に到達した。私達の教団に加えるために、古き神に作られた者の情報が必要なのだ」

「ふーん、そちらの説ではどうか知らないが、あれはただの皮膚病でしょう。製薬会社にでも雇われたんですか」

　川崎医師が食い下がる。

「そちらこそ、どこに雇われたのだ。鍵だけでなく義手も外して、古き神の眷族に渡せ」

　川崎は悔しそうな顔をしながら、義手を外した。杖と義手は女の水妖が持ち、距離をとった。

「昴、一緒に行こう。人間にこの病は治せない。我らの神だけが、この深きものの血を正しく目覚めさせることができる」

　昴は首を横に振った。でも、人間としての自分の人生も、ろくなものじゃない気がした。

「我らが指導者は、この雨の災いを予測していた。古い堤防が、崩れることも」

「ほんとに知ってたのなら、事前にいえばいいじゃないか」

　祖父のけがを思い出しながら、昴は言った。

「神のお告げを愚かな人間たちに教えてやっても、迫害の種にしかならない。わかるな、昴。おまえはその血にふさわしい神に仕えるべきなんだ」

「……父さんのそういうとこ、そういえば自分も怖かったよ」

昴はそういって、ケガをした舞音に肩を貸した。杉谷が傷ついたような表情をした。昴の胸は少し痛んだ。

「では、君達は豪雨災害による死者となる」

鍵を受け取ると杉谷は不機嫌な声で言った。

「えっ、待って」

雨雲のような絶望。昴は、水妖が迫ってきたので、舞音をかばいつつ下がる。その時、舞音が奇妙なことを囁いた。

「昴くん。もし、私が化け物から人間に戻れなかったら、殺してね」

「!?」

昴が振り返ると、舞音は自分の血の付いた指で、携帯端末の音楽の再生ボタンを押していた。

曲名は『出現』。

異様な音色の合成音声が流れる。何か呪文の詠唱のようだった。

昴は気分が悪くなったが、ナタを振るい、二人の水妖から必死に舞音をかばった。

「何か聞こえた！」

杉谷が気づいたらしく、こちらに歩いてくる。

次の瞬間、舞音を入り口にそれは「出現」した。

背側は黄色のうろこで覆われ、腹側はナメクジの這った生ハムのような粘膜で覆われている、無数の触手。長いものは5メートルはあるだろう。

昴は、冷たいコンクリの床に倒れた。ちぎれた舞音の服と、携帯端末が転がっている。

片腕の川崎を乗せて、スクルドがきゅいきゅいと触手から逃げ回っていた。

何体かの水妖が、踊る触手に叩き潰され、一体は水に落ちた。

「何かあるとは、思ってたんだ。だから、調べた。しかし、ハスター召喚か！　どこまで我らの邪魔を！」

そういいながら、杉谷は携帯端末で、巨大な化け物の写真をフラッシュで撮っていた。

その腹を何本もの触手が貫く。触手がそこから漏れたものをなめるように蠢く。

昴は、恐怖に目を見開いた。

「ころせない……。つよい」

ナタを握りしめ、昴はつぶやいた。触手がぬらりと昴のそばにも這ってきた。足首をにゅるりとつかまれる。

「ひッ……」

震えながら、舞音の携帯端末を拾う。画面にはまだ『出現』と表示されている。「次の曲」

を押すと、『消失』が流れ出した。さっきよりも全体的に低い音。それしか、昴にはわからなかった。

屋上の血だまりをなめていた触手が、ゆっくりと闇の中にひいていった。それにつれて裸の舞音の肉体が、とけたろうそくの芯のように露出してくる。

『消失』が終わった。

舞音は釣り場に捨てられた魚のように、倒れていた。

昴はおそるおそる舞音の体に触れた。背中側には、黄色く光る半透明のうろこがまだらに残っていた。昴は自分の上着を倒れている舞音にかけた。

「今のは……推測はよそう。杉谷の写真が、どこかへメールされてないとよいが」

折れた杖を拾った川崎は、舞音が生きていることを確かめた。杉谷と彼の一味は、消化液のようなものにまみれて全員死んでいた。

「心苦しいが、豪雨災害による死者にしましょう」

川崎医師の言葉に従い、昴は父親の死体を病院の屋上から濁流に投げた。何に祈っているのかわからないままに手を合わせて、泣く。雨の中の血も涙も、知られざるままに消えていった。

「さあ、舞音さんを運んで治療しましょう。……この義手は壊れてしまったな」

昴は舞音を抱き上げた。触手に巻き付かれた足が痛む。スクルドもさっきまでと違い、ガタガタと音を立てている。

「あ……昴くん、わたし……」

舞音の血の気のない唇が、動いた。

「もう、大丈夫だよ。舞音さん。ねえ、もしボクが化け物になったら、君たちが殺してくれる?」

エネルギー革命

浅尾典彦

ハイウェイ

うっそうとした暗い森が続く。それを切り裂くように伸びた白いハイウェイを、赤色のセダンが風を切って走る。

運転しているのは、サングラスを掛けた若い女性だ。流行りのブランドの洋服の上から薄いベージュのスプリングコートを羽織り、首にスカーフを巻いている。サングラス越しに大きな瞳が透けて見えている。

半分ほど開けた車のパワーウィンドウから吹き込む風にロングの黒い髪がなびく。

助手席には大き目のブリーフケースが鎮座している。

バックミラーからぶら下がるインディアンの魔除け・ドリームキャッチャーと下賀茂神社のお守りが不思議なコラボでゆらゆらと揺れている。

やがて、赤いセダンはハイウェイの分岐点で地元を走る細い道に入った。

地道にも他の車は見えない。

しばらく走って緩いカーブを曲がったところで、黒いミニバンが路肩に停まっているのが見えた。車のボンネットは開いていて、どうやら故障しているようだ。

茶色の革ジャンパーを着た男が一人、車にもたれ掛かり親指を力なく立てている。まだ若く三十代ぐらいだろうか、東洋系だが彫りの深い顔立ちで、痩せているが筋肉質の身体をしている。

赤いセダンは、十メートルほど行き過ぎたところで止まり、ゆっくりとバックする。ミニバンの横に並んで停まると、運転席のパワーウィンドウを下げ、女性が声を掛けた。

「故障？」

「いやー、急に動かなくなっちゃってね」男はお手上げといった顔をして両手を広げた。

「どうやら電気系統かコンピューターみたいでね。ついてないよ、まったく」

女性は少しサングラスをずらして男を見つめる。綺麗なコバルトブルーの瞳だ。

「修理の人は呼んでるの？」

「呼びたいんだが、生憎ここは携帯の圏外でね」

「何方（どちら）に行くつもり？」

「この先にある研究所ですよ。ウオルター・プレトリアス博士の」

「プレトリアス博士の研究所ね。ナビの表示通りだとこの先すぐだわ。車で五分か十分位のものよ」

彼女がウィンドウを閉めて行ってしまおうとするのを男は慌てて制止する。

「いや、ここからは上り坂ばかりだから人の足だと小一時間はかかりますよ」

訴えかけるような眼で、男が聞いた。

「ちなみにあなたはどちらへ？」

女性は形の良い眉を少しつり上げ、あきらめたように言った。

「私もウォルター邸」

「おー、これぞ天の助け」

男は両手を組んでオーバーに女性を拝んで見せる。

「乗せるとは言ってないけど」

「お願いしますよ。歩くのは嫌ですよ」

女性は、仕方ないという顔で言った。

「わかったわ。乗っていいわ」

「助かった！」

男がミニバンのボンネットを閉め、荷物を車の後ろから引きずり出して、手際よく赤い車の後部座席に乗せる。助手席のブリーフケースは彼女が自分で動かし、男のために空間を開けた。

笑顔で助手席のシートに滑り込む男。

故障したミニバンはそのまま路肩に置き去りにして、二人を載せた赤いセダンはゆっくりと動き出し、山道を昇ってゆく。

「プレトリアス博士の研究所は、海沿いの道からしか入れないのね」

「そうです。この道だけですよ。そうか、あなたももしかしたらプレトリアス博士に呼ばれたのでは」

「まあそういうところね。研究分野の関係で何度かメールをやりとりしたことがあるだけなんだけど…」

「ということは、あなたも科学者なんですか？」

「私はシオン。ミスカトニック大学で宇宙物理学と生化学の研究をしているわ」

「あなたが！　光栄です。僕は狩沼京太郎。科学系のジャーナリストというか、普段はルポライターをしているんです。あなたの記事も読んだ事がありますよ」

「ルポライター？　今日の発表は報道関係には非公開の筈だけど？」

「あ、いえ、コーネリアス大学のピルグリム先生の代理人です。発表の内容を見届けて連絡する係ですよ。あ、ルポライターってのは、他の人には内緒でね」

声のボリュームが急に下がる狩沼。

「コーネリアス大学のピルグリム教授は経済学者よ」

「いや、別の博士だったかな……」

「嘘ついてもすぐわかるわ。いい加減なこと言ったら車から降ろすから！」

たしなめるようにシオンが言う。

「違います！　理由があるんです！」

必死で喰い下がる狩沼。

「じゃあ何よ？」

「今回の研究発表に大変興味があるんですよ。世界の常識を覆すかもしれない画期的な内容だと言っているのに、何故かアジアの大富豪や学会関係者、政府の要人やＩＴ会社の会長、そして科学者であるあなた。限定されたメンバーだけに実験を見せるなんて。何か臭うんだ。他にも気になることが……」

「私は他に誰が来るのかは知らないわ。どうやって調べたの？」

「職業柄いろんな情報ルートを持っていましてね。企業秘密というやつですよ」

狩沼は少し得意気に言った。

「ひょっとして研究所のデータベースに侵入して情報を取ったとか？」

「や、やだな。そ、そんなことする訳ないですよ」

「ふふふ。冗談よ」

「でも苦労して取材しても結局、発表できないものが多いんだよなぁ〜」言い訳とも愚痴とも取れる独り言を呟く。

「怪奇現象や妖怪の伝説など怪しい事件を追って原稿を書いているので、仲間からは京太郎じゃなく〝妖太郎〟と呼ばれてます」

どこか憎めない口調で狩沼が言う。

セダンは道を右に曲がり、さらに細い登り道を上ってゆく。

「あなたの扱う話って科学的裏付けのない超常現象ばかりなの？」

「いや〝現代の科学では証明できない〟という意味ですよ。だって科学は万能じゃない。科学では解明されないことも多いんです」

少し間を置いてから、シオンが言った。

「そうね。その通りだわ。私達のまだ知らないことがこの宇宙には沢山ある。知らなければ良かったと思うような事もね」

「それはどういう意味？」

思わぬ言葉に狩沼が驚いたように問いかける。

「いえ、なんでもないわ」

シオンははぐらかすように答えた。

急に視界が開け、二人を乗せた赤いセダンは、上部が金属光沢のドーム状になった大きな建物の前に到着した。

研究所

研究所の大きな建物の横には小ぶりだが瀟洒な邸宅が連なっている。邸宅の前に立っていた博士の使用人らしき中年の男が二人の車を確認すると走り寄り、車を建物に隣接する駐車場に案内した。

駐車場には豪奢な装飾を施した大型のリムジンや、いわゆるスーパーカーと呼ばれるスポーツカー、大型の高級車が数台停めてあった。少し離れたところにあるヘリポートにもヘリが駐機している。車を置いて二人が研究所の入り口まで戻ると奥に通され、受付係らしき男がテーブルの向こうから立ちあがって挨拶する。シオンは車の後部座席に置いてあったブリーフケースを手に持っている。

「お待ちしておりました、シオン教授。よくいらっしゃいました」

「いえ、まだ准教授ですわ」

シオンはサインしながら答える。

「こちらの方は?」

「コーネリアス大学の……」と狩沼が言いかけたところで、シオンが口を挟む。

「私の助手です」

「えっ、あ、はい。助手の狩沼京太郎と言います」

「おおそうですか。シオン教授の研究助手ということであれば、ご一緒で結構です。こちらにご署名ください。みなさまもうお揃いです」

資料を渡しながら、男は二人をゲストの待合室に案内する。

狩沼は長い廊下を歩きながら小声でシオンに囁く。

「さっきはどうして？」

「どうしてかしら。何となく勘が働いたのかも。ああ、あそこよ」

狩沼の問いかけをはぐらかせたまま、シオンは前を歩く。

客室には既に幾人ものゲストが集まっていた。

「やあ、シオン君久しぶりだ。やっぱり来たんだね」

丸い金縁メガネに髭を蓄えた、痩せた老人が話しかけてきた。

「これはコーニッシュ教授。お久しぶりです」

「次の学会で君を理事に推薦しようと思っとるんだ。君の研究発表は実に素晴らしかったよ」

「ありがとうございます」

会釈をすると、シオンと狩沼は大きなソファの空いている席に座った。すぐにメイドがやってきて、カップに紅茶を注ぐ。ほかのメンバーも座ってお茶を飲んで話している。

やがて、上手に座った太った男が話し始めると、他の客は話すのを止めて男の方を向いた。

「本日はお集まりいただき感謝します。私はシュリンゲル・バーガー。ＩＴシステムの会社を経営しています。我がバーガー財団は、ウォルター・プレトリアス博士に資金や研究施設の提供を通じて研究をバックアップしております。今日は実験が始まるまで、まだ少し時間がある。その間に、ひとつ各人の自己紹介でも致しましょうか」

「私はコーニッシュ・バトラー。セイラム大学の学長と、科学アカデミーの理事をしております」

先ほどの老人だ。

「次は私のようですね。私はＮ国のエネルギー供給を統括する政府機関に所属するウィルマー・トロンと申します」

紺色ジャケットの背の高い男がいう。

「私の番ね」

毛皮を着て大きな翡翠を首から下げた小太りの中年女性が言う。

「ロクサーヌ・江（こう）。夫は世界展開するアミューズメント企業の会頭バロン・江。今は統合型（I）リゾート（R）事業というのね。数年前に夫が他界してからは私がすべてを統括しています」

「世界有数の資産家だ」

バーガー氏が解説する。

「ウラジミール・ヤノスキーです。国際石油資本の持株会社を所有しています」

ややや顔色が悪そうに見える男が、ボソッと話す。

「ミスカトニック大学で宇宙物理学と生化学を研究している准教授のシオンです」

「同じく助手の狩沼です」

招待者の自己紹介が終わって間もなく、頭が禿げ、髭を伸ばした白衣の老人とそれに従う中年の男が入ってきた。

「本日は我が研究所にお越し頂き感謝致します。私はウォルター・プレトリアス。こちらは私の助手のカール・張です」

プレトリアス博士はそのまま話を続けた。

「実験の前に少し説明いたします。私はほぼ無限のエネルギーを生み出すことが可能な画期的エネルギー製造装置の実験に成功しました」

ゲスト達の口から驚きとも興奮ともつかぬ吐息が一斉に漏れた。一呼吸置いて博士はさらに続けた。

「今、地球は危機に瀕しています。エネルギーを得るための環境破壊はますます広がり、地球温暖化が原因とみられるなど異常気象により災害も増えるばかりです。このままでは地球の生態系が深刻な打撃を受けることは免れません。動物や植物が大量に死滅すれば、きれいな空気も清潔な水もなく、飢えと渇きによって文明は崩壊し、すべてを失った人類は死滅するでしょう。我々も例外ではありません。しかし私が開発したエネルギー製造装置のシステムを使えば、その流れを食い止めることが可能になります。無尽蔵のエネルギーが我々人類を救うのです」

「我々は次世代の支配者です。私は、ここに集まっていただいたメンバーで組織を作るつもりです。私たちが、エネルギー革命によって世界を変えるのです」

「実験の準備はもうすぐ整います。お渡ししたカードキーでセキュリティチェックを受けてから、奥の実験棟までお越し下さい」

博士はそう言い終わると、再び部屋から出ていった。

「そんなこと、出来るんだろうか?」

狩沼がシオンに声を潜（ひそ）めて言う。

「わからない。でも、何となく嫌な予感がする」

答えるシオン。

実験

夜のとばりが降りると、招待者達はプレトリアス博士の実験棟に集まった。それぞれ受け取ったカードキーでドアを開けて入るのだ。

部屋には赤いビロード張りの木の椅子が並べられてあり、好きなところにめいめい腰かけて座る。

実験棟の四方の壁はコンクリートの打ちっぱなしのまま。小さな窓は内倒しのものが二つあるだけで、少し牢獄をイメージさせた。排熱用なのか天井や壁には空気清浄機を兼ねた換気装置が幾つもあった。

プレトリアス博士は部屋を仕切ってある遮光カーテンの前で、ゲスト達に向き合って立っている。

助手のチャンがカーテンを出たり入ったり忙しくしている。話し声がひとしきり落ち着くと、博士はゆっくりと話し始めた。

「ようこそ。みなさんは今から歴史的瞬間に立ち会う事になるのです。では実験の前に質問を受け付けます」

「その装置はどこからエネルギーを取り出すのですか？」

トロンが質問する。

「それは、宇宙の素粒子です。素粒子から取り出す方法なのです」

どよめきが起こる。

「私は以前から宇宙線や素粒子に着目し、そこからエネルギーを抽出するための実験を繰り返して来ました。そして、それを可能にする技術開発に成功したのです。原理を簡単に説明すると、宇宙のある地点に照準を定めて素粒子を抽出、それを電磁波で加圧した後、私が発見した特殊な触媒である宝石にビームにして照射すると、そこから膨大なエネルギーが発生するのです。素粒子は宇宙に無尽蔵にあるものですから、一度スタートすればずっとエネルギーを発生し続けることが出来ます。取り出したエネルギーは電気エネルギーに変換して高効率の最新式蓄電設備に蓄積します。私はこのシステムを『リゾネイター』と命名しました」

「しかし、実際に見るまでは信じがたいな」

ウラジミールが顎に手を当てながら言う。

「これからお見せします」

「宇宙のある地点からこの地球上にあるリゾネイターまでどうやって素粒子を運んで来るのですか？　光の速度でも最低何年もかかるはずですが？」

シオンが質問する。

「良いご質問です。シオン博士。答えはワームホールです。今までは不可能だったワームホールの生成と制御が私の研究によって可能となったのです」

「ほほう。遂に」

とコーニッシュ教授が頷く。

「ワームホールで地球と宇宙空間を繋ぎ、素粒子を転送させるということですな」

「ワームホールとは？」

石油王のウラジミールが質問する。

「ワームホールは、時空構造の位相幾何学として考えうる構造の一つで、宇宙のある一点から別の離れた一点へと直結するトンネルのような空間領域です」

「よくわからないな」

「簡単に言えば、AとBを蛇腹でつなぐとする。蛇腹を伸ばしていると二つの距離は遠いが、畳むとAとBは隣り合わせになる。時空を蛇腹のように畳んでものを移動させるのですよ」

プレトリアス博士が説明する。

「それではご覧に入れましょう」

博士の指示で、まるで小劇場で芝居が始まるかのように、カーテンが開かれた。

カーテンの向こうは驚くほど大きな空間になっていた。

部屋の真ん中には、圧倒的な存在感の黄金色の太い柱が床からまっ直ぐに伸びている。

天井は高くドーム型で、その一部が三角形に開いて星が見えている。柱の上部には、黄金の大砲のような筒状の機械が取り付けられており、巨大な分度器のようなもので支えられている。上部の先端は、ドームの隙間から空に向かって突き出ていて、筒の下の部分は穴のたくさん空いた蜂の巣のように丸く膨らんでいる。

「みなさん、これがリゾネイターです」

プレトリアス博士は得意げに胸を張って説明を続けた。

「これはまだ実験段階で試作したものです。すぐにもっと洗練された形になるでしょう」

「上の方をご覧ください。上部が宇宙の任意の座標に焦点を合わせるための照準器。ここで照準を合わせ宇宙のある星に焦点を合わせるのです」

「ある星とは？」

コーニッシュ教授が質問する。

「教授。ここではお答えできません。後でお話しします」博士は続ける。

「次に下部の転換器で時空間を繋げるワームホール(wormhole)を作り出し、星とリゾネイターとを直接接続します」

「これは実験中に偶然にも接続に成功したのです。今の段階では物質はまだ転送できないが、エネルギーなら取り出せる。この実験が成功したら、転送を目的とした研究開発も進める計画です。物質転送が成功すれば、新しい輸送手段になるでしょう」

「長い時間車に乗ってこんなところまで来なくて済むわ」

研究所まで長時間リムジンに乗ってきたロクサーヌ夫人が嫌(いや)みを言う。

「まだ先の話ですよ夫人。リゾネイターに戻ります。良く見ていただくと分りますが、転換器の先端が針(ニードル)のように細くとがっています。この針の穴ほどの大きさが、今我々が作り出せるワームホールのサイズです。そこを通じて光状になったエネルギーが排出され、それを集光器で受けます」

「取り出すエネルギーは光ということなのですかな？」

　再びコーニッシュ教授から質問が飛ぶ。

「いえ、エネルギーは宇宙の素粒子のものなのですが、今のところそれに該当する良い言葉がないのです。まだ地球上にはない物質を集めるものなので、仮に集光機と呼んでいます」

「中々面白い発想だ」

　ウラジミールが感心する。

「下部にはピラミッド状の金属ボックスが見えると思います。ピラミッドの中には大粒の宝石が入っています。ニードルから出る光はピラミッドに照射される。この宝石に受けた光状のエネルギーは、台座の変換器で電気エネルギーになり、装置の下部に設置した最新式の大容量蓄電器に入ります。エネルギーは電気の状態で取り出し可能になるのです」

「どうやって制御するのですか？」

「こちらのデスクがコントロールパネルになっています。宇宙空間の座標や位置情報の修正、各部分の制御状態、エネルギー変換効率のチェックを含めてすべてをモニターで確認しながら進行できます」

「宇宙空間の座標は、上部についた逆三角形のボードに映像として映し出だされます」

　博士が指をさす。

「これで位置の微調整も出来ます。もっとも、基本はすべて位置情報を事前にプログラムしたコンピューター制御です」

「なるほど」

「作動スイッチを入れるだけで、自動的に目標をサーチし、しばらくすれば安定するので、後は自動制御に切り替えます。問題があれば警告ランプが点灯します。自動車の運転より簡単です」

「このユニットだけでプラントの役割まで果たすということですね」

トロンが興奮した声で言う。

「では、起動しましょう」

助手がコントロールパネルの前にあるコックピットに座り、実験が始まった。

「張君準備はいいかね」

「ハイ」

「照準は？」

「セット出来ました」

「では、スイッチ・オン！」

パネルのスイッチを入れると、ゆっくりと逆三角の画面にどこか別の星の景色が映る。深緑の空と赤茶けた山肌。色はサイケデリックではあるが、景色自体は殺風景で地味な感じだ。

助手はボタンを押してマシンのレバーを下げた。最初は小さく、徐々に大きくなるモーター音。やがて、ニードルの先に、ほんの小さな紫の光がともった。遠目には蛍のようにも見える。

紫の光線がニードルの先から飛び出し、ピラミッドの先端に勢いよく当たる。エジプトの本物のピラミッドと同じく、傾斜角を五十一度五十分にそろえてある先端は、宇宙線の紫の光を正しく四つに分断し、その紫光は三角の各面を覆った。

すぐに中の宝石も赤く光り出す。観たこともないファンタジックな美しい光景だ。

パネルのパイロットランプが順番に点滅してゆく。ブースターの図のところまでラインが点灯している。それからゆっくりと進み蓄電器の位置にまで到達した。

「もうすぐです」

蓄電器のゲージが上がり始めた。

「みなさん。成功です」

拍手が巻き起こる。

「もう大丈夫。安定状態に入りました」

バーガー氏は立ち上がって、博士と握手して肩を抱いてみせる。助手は写真を撮っている。

しかし、シオンは気づいていた。ニードル部分が微妙に振動していることに。

博士が安定期に入ったと言ってから数分も経たないうちに機械が不調を示しだした。最初は位置情報のプログラムからだった。

助手が慌てて博士に耳打ちした。

「博士、照準が突然プログラムした座標からずれ始めました」

「どういうことだ。原因は？」

「不明です」

慌てて座標を安定させようとパネルを操作する助手だったが、

「だめです、制御できません」

「何か問題かね？」

コーニッシュ教授が心配そうに訪ねる。

「大丈夫です。座標が少しずれただけです。すぐに戻ります」

と博士は取り繕うが、助手の張はすっかり落ちつきを失って
「博士、座標が安定しません。どんどんずれてゆきます」と声を出した。

この頃には、ゲスト達も異変に気づいた。

「いったい、どうしたんだ」

「だめです、まるで向こうからコントロールされているみたいだ」

と悲痛な声を上げる助手。

「アームが勝手に動いていきます」

「バカな？」

「画面がどんどん動いているぞ」

やがて照準器の針はある位置でぴたりと停まった。

同時にアームもロックされたように固まった。

「止まりました」

急に静まり返った部屋。ゲスト達も息をひそめてじっと動かない。

「どこだ、座標は、座標は今どこを示している」

「お待ちください。コンピューター解析によれば、太陽系最外園のユゴス星付近を示していま
す」

「ユゴス星だって！　全然違う場所じゃないか。エネルギーの抽出も止まっているぞ」

助手とプレトリアス博士はパネルをあちこち操作している。

「原因は何なんだ？」

ウラジミールが尋ねる。

「いや、何も心配ありません。たぶんプログラム入力時のバグでしょう。今プログラムを調整
しておりますので、少々お待ちを。大丈夫ですから」

まるで自分に言い聞かせるかのように、博士はみんなをなだめる。

するとすぐにリゾネイターは動き始めた。

「私の言ったとおりでしょう」

ほっとして胸をなでおろすプレトリアス博士。

ところが、今度はリゾネイターのモーターの回転が急激に速くなり、唸(うな)るような大きな音を出し始めた。

リゾネイターの上部は震えながら振動し続け、ニードルから再度照射された細いビームは、太く赤い色に変わってきた。それにつれてオゾンのような生臭い空気が漂(ただよ)い始める。

プレトリアス博士は、換気装置のスイッチを入れる。

「大丈夫です。落ち着いて」

すると、今度は招待客の持つ携帯が同時に、熱を持ち始めた。

「あちちちちち！」

みんな慌てて携帯をポケットやカバンから出す。

机の上に出したウラジミールの携帯が破裂して燃えだした。

「なんということだ」

コーニッシュ教授が目を見張る。

「すぐに連絡せねばならんのに……」

バーガーが言いかけた時、リゾネイターの上部の三角パネルに、目玉のようなものが映し出されたのだ。

「なんだありゃ？」

目はすぐに消え次に鋏(ハサミ)が写る。

「やっぱり壊れたの？」

「ばかばかしい。こんなインチキのために時間を費やしてる暇はないんだ！」

ウラジミールが怒鳴る。

突如轟音とともに、真っ赤になった照射ビームが勝手に動き始めた。

ピラミッドが溶け、中の赤い宝石は音を立てて砕けて散った。

ニードルの先端は赤い光線を出したままあらぬところを指して動いた。ビームを照射された机や壁は、たちまち筋状に黒く焼け焦げた。

「大変だ！」

全く制御が効かないマシンにゲスト達は慌てて逃げようと席を立ち上がる。

その時照射ビームが、何かにコントロールされているかのように突然壁に大きな弧を描いた。

ビームは同心円でグルグル回り続け、描かれた大きな光輪の内部が、ぽっかりと空いた。まるで大きな光の渦のトンネルが貫通したようだ。

「ワームホールだ！　あり得ない。こんな大きなワームホールはこのリゾネイターでは生成不可能の筈だ！」

プレトリアス博士が叫ぶ。

「これが時空のトンネルなのか！　信じられん。しかもこんなに大きいとは—」

逃げかけていたコーニッシュ教授が立ち止まり、振り向く。

博士も助手も招待客も逃げるのも忘れて、この信じられない光景を見ていた。

「これはリゾネイターが作ったワームホールじゃない！　向こう側の誰かが作ったワームホールだわ」

シオンが呟（つぶや）く。

光が渦巻く時空トンネルの奥から金属を擦（す）り合わせたような不快な音が鳴りひびくと、そこから、異様な生物が這（は）い出してきた。

硬そうな赤い甲羅、上部には鞭のようにしなる紫と黄色の触手、大きな鋏の付いた腕、さらに腹にも鋏の付いたたくさんの小さな腕がある。飛び出した二つの赤い目玉。胴体に退化した羽状のものを持ち、体長は二メートルをゆうに超えている。異臭を放つそれは、まるで大きな蟹のようにも見えた。

「化物だ！」

トロンが腰を抜かして椅子から転げ落ちた。

他のゲストも驚いて立ち上がる。

倒れる椅子、恐怖に立ち尽くす人、扉へ逃げようとする者。室内はパニックになった。

「ラーン＝テゴス！　召喚されたんじゃない。自分から来たのね」

そう言うとシオンは持って来たブリーフケースを持ち上げようとした。

その途端怪物は激しく身体をゆすり、頭の近くにある触角を鞭（むち）のようにしならせるとシオンが居る場所に近い床を薙ぎ払った。シオンは間一髪で触覚を避けたが、ブリーフケースは遠くに飛ばされ、椅子の残骸の中に埋もれてしまった。

「大丈夫か？」

床を這ってシオンの側まで来た狩沼が言う。

「私は大丈夫。それより早く」

「どうしたらいい？」

「私のブリーフケースを探して！」

狩沼はうなずくと、這いつくばったまま、椅子の間を通り抜けてブリーフケースを探しに行った。

巨大な怪物の触手の先端は鋭く尖り、それだけが別の生物のように動いている。

コントロールパネルのところで引きつったまま固まっていた助手の張は、槍のように飛んできた触手に胸を串刺しにされ、そのまま空中へと持ち上げらて言葉にならない絶叫を上げながら絶命した。彼の哀れな亡骸は、壁に投げつけられ床に崩れ落ちた。

助手の無残な死に様を見て足がすくんだままのプレトリアス博士に怪物が背後から迫る。怪物は大きなハサミを振りかざすと、プレトリアス博士の首を胴体から切り離した。首があったところから血しぶきが噴水になって飛び散る。

博士の返り血を浴びたロクサーヌ夫人の悲鳴が部屋中に響く。

怪物は、別の小さなハサミの腕で博士の首を拾いあげると、自分の甲羅(こうら)の一部を鎧戸(よろいど)のように開けて、その中へ入れた。

ウラジミールは、血まみれで腰を抜かしているロクサーヌ夫人の身体を乗り越えて、出口へ這いずっていく。

ロクサーヌ夫人も後を追うように這いずるが、怪物の背中にある坩堝(るつぼ)のような窪みから液体が飛び出し、血だらけの夫人の身体は半透明の体液に包まれた。逃れようしてもがくがすぐに窒息して動かなくなり、やがてゼリー状になった夫人の身体はドロドロに溶けてしまった。

転んで足が動かなくなったコーニッシュ教授はそのまま怪物に踏み潰された。

実験室は地獄絵図と化した。

怪物の口らしいところが窓のように開き、そこから電磁波で作った火の玉を飛ばし始めた。火球は何かに触れると爆発し、机や機材、書類などが燃え出した。

扉のところまで逃げたウラジミールとバーガーは必死になって扉のセキュリティを解除し、外へ出ようとしたところに火の玉が当たり全身が炎に包まれた。

怪物の発する異臭と不快な音と煙が充満する研究室の中、狩沼は机の下に隠れて震えているトロンを見つけた。彼は青ざめた顔で目の焦点は合っていなかった。その横に怪物に飛ばされたシオンのブリーフケースがあった。

「あったぞ、ブリーフケースだ！」

狩沼は床を滑らせてシオンにブリーフケースをパスすると、トロンを引きずって立ち上がらせ、出口の扉のところまで連れて行く。

「カードキーを使って外に出るんだ！」

そうトロンに言って狩沼はシオンのところに戻ろうとする。しかしトロンは扉から出ようとせず、虚(うつ)ろな目をしたまま怪物の居る方向にふらふらと歩いて行く。怪物の吐き出す火球がトロンに命中すると火だるまになって倒れ、そのまま動かなくなった。

狩沼は立ち上がり、近くにあった椅子と壊れて落ちていた金属の棒を手に怪物に向かって行く。

椅子を甲羅に叩きつけたがびくともしない。逆に椅子の方が壊れてしまった。

「俺が何とか時間稼ぎするから！」

狩沼はシオンに言うと、今度はパイプで怪物を殴りつけようとするが、伸びてきた触手に阻(はば)まれて思うようにいかない。

そのうち蟹爪(かにつめ)の太い腕が彼の横っ腹に飛んできて、狩沼は跳ね飛ばされて床に叩きつけられた。

衝撃で一瞬息が止まるが、次の攻撃を予想して狩沼はすぐに転がって逃げる。

次の瞬間、床につき刺さる触手。硬い木の床はプリンのように簡単に穴が開いた。

その間にようやくシオンはブリーフケースから銃のような機械を取り出し、怪物に向かって両手で構えた。

「今だ！」

狩沼が怪物から離れる。

シオンが引き金を引くと、銃の尖端から青白いプラズマ状の火の玉が発射され怪物に当たって爆発する。

衝撃を受けた怪物は、よろけながら次々と火の玉を吐き出した。

それにかまわず、銃を連射するシオン。

怪物が苦し紛れに発射した火の玉のいくつかはリゾネイターの上部に当たり、ニードルの部分が火を噴きあげて燃えだした。

シオンは気にせず手元の銃のエネルギー残量をチェックしている。手で髪を掻き上げてから、さらにもう一発を怪物にお見舞いした。

怪物の身体は反動でワームホールの近くにまで飛ばされた。

「やったか！」

「まだよ。奴をワームホールに吸い込ませるわ！」

「どうすればいい？」

「リゾネイターのスイッチをもう一回入れ直して」

「スイッチはどこにある」

「赤いボタンよ。それから横のレバーを上げる。パネルの接続を変えてエネルギーを逆流させ、ワームホールに吸い込ませるの。早くしないと奴が回復してくる」

「よしきた！」

狩沼は、パネルの前に行き操作を始めた。

赤いボタンのスイッチを入れレバーを動かすと、途端にワームホールの回転する光は逆に回りだし、光の粒子の渦は奥へ奥へと流れ始めた。

狩沼の動きに気がついた怪物は立ち上がって彼を追う。

「エネルギー残量を後一発に集中するわ！　奴をワームホールの前におびき寄せて！」

刈沼はワームホールの前を駆け抜け、それを追う怪物がワームホールの前を通ろうとした。

「今よ！」

シオンが引き金を引くと、銃の尖端から特大の青い火の玉が発射され怪物に当たって爆発する。

怪物はワームホールの前で甲羅を下にしてひっくり返って倒れた。

巨大な甲殻(こうかく)類のような怪物は意識を取り戻し再度立ち上がったが、ワームホールが発生させる強力な引力には逆らえず、仁王立ちのまま動けなくなった。そして、徐々に後ずさりし、やがてスポッと音がするかのように吸い込まれてトンネルの奥に消えてしまった。

同時に書類やら小さな機材も幾つも渦に吸い込まれたが、その直後、一瞬にしてワームホールは消えた。

研究室の床には幾人もの死体が転がったままで、立っているのはシオンと狩沼の二人だけだった。

研究棟は火の海になって充電済みのいくつか蓄電池にも火が回りかけてきている。

「蓄電池が爆発するぞ！」

狩沼が叫ぶ。

「これを持って！」

シオンが狩沼に何かを投げてよこす。片手でキャッチした狩沼は握った物を見て首を傾(かし)げた。

「お守りよ。いいから、役に立つわ」

そう言うと、シオンは口の中で何かを唱えた。その途端、二人を取り囲んでいた炎が後退して二つに割れ、扉までの道を作った。

「今よ！」

一気に扉まで駆け抜けた二人はロックされたドアの鍵を叩いて壊し、必死で廊下を抜け、正面のドアに体当りして一気に建物の外へと飛び出した。

部屋に新鮮な空気が入ってバックドラフトが起こったため、同時にものすごい勢いで燃え上がる研究所、轟音とともに大爆発が起こる。シオンを庇(かば)った狩沼の革ジャンパーの背中が炎で燃え上がった。

爆風で飛ばされた二人の身体は、体を丸めたまま庭先に転げ落ちる。

ようやく森のところまで息を切らせながら這いずってゆくが、その場にへたり込んでしまう。

夜の闇の中で、大きな炎の塊だった研究所は一瞬、昼間のような光を放ったかと思うと、跡形もなく吹っ飛んでしまった。

翌朝

まだ火の勢いが強い夜のうちに、プレトリアス博士の邸宅に居た従業員の通報で地元の消防隊や警察が駆けつけ、消火にあたった。

研究所があった跡にはリゾネイターの照準器を支えていた黄金色の太い柱だけが、あらぬ方向を向いて立っていた。

未明に、この現場から犠牲になった者の黒こげの遺体がいくつも発見された。そのうちの一体は、ウォルター・プレトリアス博士と覚しきものだったため、すぐに搬送され事故原因を究明すべく鑑識に回されたのだが、不思議なことにその遺体には首がなく、救急隊が手分けして探しても、どうしても見つからなかったという。

研究所からかろうじて脱出したシオンと狩沼は、警察の事情聴取を終えた後、火事の現場から少し離れた仮設テントで待機させられていた。

　二人の顔や衣服、手足もあちこち煤けて黒く汚れ、狩沼の革ジャンの背中はシオンを庇って焼けて大きく破れていた。仮設テントの椅子に座った二人は、しばらく現場の片付け作業の様子をぼんやりと眺めていた。

　ややあって、狩沼が口を開く。

「生き残れてよかったよ」

「本当にそうね」

「他に被害は？」

「爆風で車はひっくり返って大破。銃も持ち出せなかったし」

「さっき警部補に事情徴収されたろ、別々にされて。警察には何て？」

「実験中の突発的な爆発だったとだけ……」

「同じだな。俺もそんな感じに話したよ。あそこで起こったことを話したところで、みんな燃えて怪物もワームホールから消えたし、どうせ誰も信じちゃくれないだろう」

「犠牲者が出たことはとても痛ましいことだわ。でも、下手をすれば途方もない数の人々が死ぬ可能性もあったわ」

「途方もない？」

「あれを外に出してしまうともう誰も手がつけられなくなる。エネルギーを喰いながらもっともっともっと巨大化するのよ」

「恐ろしい奴だったな。でも、あれは一体なんだったのだろう？　異次元の生物か？」

「あれは、ラーン＝テゴスよ」

「ラーン＝テゴス？」

「ユゴス星の生命体。ラーン＝テゴスは博士のリゾネイターをあちらから覗いていて、逆にコントロールしはじめたのよ。あの姿は、ユゴス星の環境の中で独特の進化を遂げた結果なの」

「君は知っていたんだね。あいつが出てくることを。それでプラズマ銃を持って来た」

「知っていたと言うより予測したと言う方が正しいわね。あれはプラズマ銃じゃないわ。あれは分子銃といって、照射した対象物の分子結合を一時的に緩められるものなの。でもラーン＝テゴスのような複雑な生命体だと、一時的に動きを止めるだけで、殺すことまではできない」

「でも何故予測していたんだい。ラーン＝テゴスが現れるって？」

「プレトリアス博士のリゾネイターの信号に反応して、ユゴス星から異常電波が出ている事に気付いていたのよ」

「なるほどね。今回の事件を想定して、事前準備をしてから乗り込んで来たというわけだ。さすがシオン・シュルズベリィ先生」

シオンは顔を上げ、狩沼に目線を合わせた。

「やっぱり知っていたのね」

「もちろん。あなたがラバン・シュルズベリィ博士の孫だと」

シオンは俯いて微笑んだ。

「私も思い出したことがあるわ。私、あなたに会ったことがあるわよね」

「えっ、そ、そんなことはないと思うよ。森で載せてもらったときのこと?」

「ごまかしてもだめ。私ハイスクール時代に合気道を習っていた。先生は竜一と言って年は取っていたけどすてきな先生だった。私が大学に入る前に家庭の事情で引っ越しされたんだけど、その先生にお孫さんが居たわ。短い間だったけどその子ともとても仲良くなったわ。その子はとても超常現象が好きで、いつも会うとロズウェルやポルターガイストの事ばかり話していたわ」

「いつ俺だとわかったんだ」

「車であなたの話を聞いていた時よ。思い出したの」

「俺がこうなったのは子供の頃からあこがれていたあなたのお爺さんの影響さ」

狩沼はファイティングポーズでカッコをつけてみせる。

「お爺さんが日本に行ったときにもらってきたお守りが役に立ったわ。私達を炎から守ってくれた。そしてこちらは……」

シオンはポケットからセダンのバックミラーにぶら下がっていたインディアンのお守り・ドリームキャッチャーを取り出した。

「もう覚えていないかもしれないけど、あなたが子供の時に私にくれたものよ」

「驚いたな、そう言われれば思い出したよ！　でも、あれでラーン＝テゴスは死んだのかな」

「死んでなんかないわ」

「何かあればまた戦うのかい？」

「必要とあれば」

「俺も一緒に戦うよ！」

「え？」

「俺達、気が合うと思わない？」

「行動力があるのは認めても良いわね。でも私は今の所、誰とも組む気はないわ……」

「そうか。ま、いいけど、考えといてよ」

「……」

「それにしてもプレトリアス博士のエネルギー革命があんな怪物を呼び出してしまうなんて、人間の誇りであるはずの科学は一体どこに向かって進もうとしているのかな」

「それは……、使う人の心次第ね」

「人間の良心次第、ということか」

その時、汗を拭き拭きボーマン警部補がこちらへやってきた。

「いやー、お二人とも大変でしたな。お疲れでしょう。調書も仕上がったし、もう帰宅してもらっていいから」

椅子から立ち上がる二人。

「俺も用意してあったものがあるんだ。赤いセダンは大破したんだったね。良かったら送っていくよ」

狩沼はポケットから鍵を出して見せる。

「実は近くに車を停めてあるんだ」

「なるほど、そうだったわね」

ガラスの卵

松本英太郎

1

目は大きく見開かれ、舌は顎まで垂れていた。仰向けに寝転がり、前肢は宙に向かって突き出され、後肢は揃って下方に突っ張ったまま硬直している。

それが、国立民族学博物館員の大山静夫が出勤前に散歩に連れ出そうと庭に出て発見した、飼い犬ゴロウの死に様だった。

初めは何が起こったのかわからず立ち尽くしたが、静夫はすぐさま「ゴロウ！」と叫んで駆け寄り、茶色の体を抱きかかえた。柴犬の雑種だったゴロウは体長が一メートルを越えており、じゃれて跳びかかられて何度も尻餅をついた経験があった。だが今かき抱いている体は、こわばった姿勢のせいもあるが、普段よりずっと重かった。急に色褪せたように見える茶色い毛並みの体からは何の体温も伝わってこず、静夫は手遅れであることを悟った。

もし、犬に表情があるとしたら、ゴロウの死に顔に浮かび上がっているのは、まさしく「恐怖」のそれであった。

2

口を突いて出る泣き声がようやくおさまってからも、しばらく静夫は庭の芝生の上に座り込んでゴロウの亡骸を抱きしめていた。

捨て犬だったゴロウを拾ってから九年。その間に両親は他界した。ゴロウは言葉こそ話さないが家族三人と一匹で暮らしてきた思い出を共有する唯一の存在だった。

文化人類学の道に進んだ静夫は年に何度も海外調査に赴く(おもむ)ことが多く、三十八歳の今まで結婚せずにきた。

大山家は大阪府東部にある北山という高級住宅街の、古くからの歯科医の家柄だったが、国立大の文化人類学科に進んだ跡取り息子を両親は非難しなかった。昨今歯科医は過当競争になっており、最新設備を導入し、きれいな診察室と美人の歯科助手をそろえた近隣の歯科医院に対抗するのは資金的にも難しいと判断していたのだろう。

静夫はなりふり構わず研究に力を注いだ。弱冠二十九才で博物館併設の大学院に准教授として迎えられた時には、両親が手を取り合って喜んだものだった。

しかしそれ以後は研究者として鳴かず飛ばずのまま年数のみが過ぎて行き、先月は研究主幹の立場を歳上の同僚に取って代わられていた。

そうした心の焦り(あせ)も、早朝ゴロウと北山の静かな街並みを散歩している間は忘れられた。今朝もそうした日々の繰り返しが始まる筈だったのだ。

静夫は、誰かがゴロウを殺したのではないかと最初考えた。昨夜遅く、自分自身は食事を済ませて帰宅した彼は、起きて待っていたゴロウにドッグフードをたらふく食べさせてやった。その時には具合の悪そうなところは微塵(みじん)も無かったのだ。毒をもられた可能性もある、と思い至った静夫はゴロウのかかりつけの獣医に連絡をした。ずっと狂犬病の予防注射などで世話になっているので、朝早いにもかかわらず家に駆けつけてくれた。

初老の獣医は最初ゴロウの変わり果てた様子にさすがに驚いたようだったが、あとはテキパキと亡骸を調べ終えて言った。

「毒殺でも、病死でもないですね」

「じゃあどうして死んだんですか?」

「……多分、人間でいうところの心臓マヒでしょう」

「心臓マヒって……。ゴロウはまだ十才足らずですよ」

「この犬種で十才なら決して若いとは言えません。大きなストレスにさらされたら心臓マヒの可能性はあるのです。何か心当たりはありませんか?」

静夫にはゴロウがしきりに吠えたてている声を夢うつつで聞いた記憶があったが、昨日のことなのかどうか判然としなかった。

「……特に。ただ、昨夜については私も仕事で疲れていて、帰宅してすぐに寝てしまい、朝まで起きなかったのです。だからこいつの最期を看取ることも……」

「残念でしたね。私もゴロウを仔犬の頃からずっと看て来たので、悲しいですよ。でも、この子をこのままにしておけません。出来るだけ早く、ちゃんと送ってやる必要があります」

それについては静夫も覚悟していた。獣医の紹介でペット専門の葬儀社に頼むこととなった。

開院の準備があるのでと獣医が帰ったあと、静夫はリビングの床に毛布を敷いて横たわっているゴロウと静かな時間を過ごした。

午前十時過ぎに職場から電話があった。静夫が出勤しないのを訝(いぶか)っての電話だった。静夫は事情を説明し、午後遅くには出勤すると答えた。

葬儀社がゴロウを引き取りに来るまで、静夫は最後の「ふたりの時間」を過ごすのだった。

3

出勤した静夫はその日仕上げる予定だった仕事をものに憑(つ)かれたようにこなした。

彼は週末から開かれる特別展「ヴィンランド、その過去と謎」の企画主担を任されていた。全米で絶賛公開中で、日本でも夏に公開予定のハリウッド映画「ヴァイキング」にあやかった展示だ。以前アイスランドに調査旅行をした折に知り合った現地の研究者の協力で、いくつかのセンセーショナルな展示品の提供を取り付けた彼は、映画公開前のこの時期に特別展を開催する企画を出して認められていた。

その日は特別展関連のミュージアムグッズの納品が予定されているので、企画主担の彼はゴロウの件があっても休むわけにはいかなかったのである。

午後八時を過ぎて仕事をやっと終えると静夫は帰途についた。

しかし阪急梅田駅で降りた彼は、そのまま素直に帰る気になれなかった。

阪急ガード下の「かっぱ横丁」という飲み屋街に入る。天井の低い狭い通路を挟むようにして飲食店が向かい合って続いている。特にあてもなかったので、店の前に大きな河童の置物がある居酒屋に飛び込み、小鉢をいくつか注文したあとは焼酎のロックのグラスをひたすら重ねた。途中何度も目からこぼれる涙を指で拭(ぬぐ)いながら。

かなりの深酒をしている自覚があったので、ちゃんと立って歩けるうちにと店を出た彼は、トイレに寄ってからJR大阪駅へ向かうつもりだった。

ところが、ガード下から通りへ出て少し歩くうちに様子が違うのに気がついた。酔っているせいで横丁から外へ曲がる通路を間違えたらしい。

本当なら茶屋町側の通りへ出ているはずなのに、そうした煌(きら)びやかさがない。シティホテルの別館や大手居酒屋チェーンの看板が光を放っているものの、この時間帯の梅田とは思えないほど人通りはまばらだった。

――裏側に出てしまったか。

引き返そうとした静夫の目に、夜空にそびえる大阪ステーションシティのビルが目に入った。

――引き返すよりあれを目印に歩けばいい。

そう考えて彼は居酒屋の看板もまばらな裏通りをゆっくりと進み始めた。

歩くうちに静夫は、飲み屋の看板とは違う明かりを地上近くに認めた。

それは机上に置かれた行燈の光だった。白布の掛かった机の上に置かれたそれには「占」とのみ毛筆で書かれ、蝋燭のような黄色味を帯びた光に浮かび上がっていた。

行燈の光に照らされて見えるのは巫女姿の女だった。長い黒髪を後ろで一本に束ね、白い和紙で筒状にしている。着ているのは白い小袖に緋袴という、神社で見かける通りの衣装である。

終業後のビルの、閉じたシャッターを背に腰掛け、白布で覆われた机の上の占い道具を俯き加減に見ている横顔は遠目でも整った顔立ちだとわかる。

静夫は近づくにつれてその女の顔から目が離せなくなった。年の頃は三十近くに見えるが、巫女の姿と裏腹に、妖しい艶っぽさをたたえた美女だったからだ。

――と、女は顔を上げて静夫の方を見た。薄桃色のアイシャドウに囲まれた、黒目がちの瞳が正面から彼の目を見つめている。静夫は年甲斐もなく鼓動が早まるのを感じた。

「――で、何のご相談でございますか？」

深く澄んだ響きを持つ声で、女がそう声をかけて来たのだった。

4

「あっ……いえっ……僕は」

先方から声をかけられて静夫はうろたえた。占い師の女は真っ直ぐに彼の目を見て続ける。

「御酒を召しても心が晴れないことがおありでしょう？　お時間があるならお聞かせください」

図星だった。いくら酒をあおってもゴロウを失った悲しみは心の底に澱んで消えていない。

――それをこの巫女姿の占い師は見抜いたのか。いや、これは辻占いという商売の常套句だ。誰だって悩みの一つ二つは持っている。夜遅くに一人で酒を飲んでいるなら尚更その可能性は高い。俺がたまたま今日そんな気持ちになっているので「当たった」と勘違いしただけだ。

アルコールでぼやけた頭を無理やりフル回転させるものの、女の視線から目を逸らすことができないでいる。妖しい美しさに引き寄せられるように足を踏み出しそうだ。

「――二千円」

突然言われて静夫は目を丸くした。

女は紫がかったルージュをひいた唇を笑みの形にしてから続けた。

「見料です。時間は三十分です。そこの『かっぱ横丁』にある占いセンターなら十分千円ですから、かなりお得ですよ……いやだ、『お得』だなんて変ですね、私。あと、今日は貴方が最後ですからいくら時間のかかるご相談でもこれ以上いただきません。ご安心下さいな」

そう話す女は、艶っぽさは変わらないのに、遠目で見た時の陰を含んだような印象が消えて、童女のような明るい雰囲気がした。

期待を込めた瞳を静夫に向けて微笑んでいる。

「お願いします」

静夫はそう答える自分の声を驚きとともに聞いた。

5

「では、あらためて。私は占術師の天の奈瑚と申します」

促されて机の前の丸椅子に腰を下ろした静夫に向けて巫女姿の占い師は自己紹介した。

「能伝須神の教えによって、陰陽道に天竺占術と神道を混淆した占いをいたします。……と言ってもよく分らないですよね。要は、手相や八卦の占いではないとご理解下されば結構です」

机を覆う白布の中央には大きく五芒星形が描かれている。その中央には彼が腰掛けてから奈瑚が取り出した燭台が置かれていた。

民族学者である静夫は世界各地の信仰や風習に対する知識がある。当然、日本も含まれる。五芒星形は「晴明紋（せいめいもん）」と呼ばれる、稀代（きだい）の陰陽師（おんみょうじ）安倍晴明の家紋だ。だがその中心に燭台を置くとは珍しい。静夫は奈瑚に自分は民族学者だと告げた。すると意外な返事が返ってきた。

「それはわかっています。特に、海外の古い時代のことを研究なさっているのでしょう？」

静夫は再度目を丸くした。その表情が可笑しかったのか、奈瑚は悪戯（いたずら）っぽく微笑んだ。

「……貴方のカバンにつけておいでのピンバッジをお忘れのようですね」

――そうか！

膝に置いて抱えている静夫のキャンバス地のバッグには、宣伝もかねて今度の特別展のグッズのピンズを付けている。そこには「国立民族学博物館」のロゴも入っていた。

「なるほど……観察眼が鋭いですね。しかし商売――失礼、占いのお仕事としては黙っている方が良かったのでは？」

「はい。でもあとで『なんだ、そうだったのか』とお気づきになって、私がお答えしたことまで全て否定されてはせっかくご相談いただいたのが無駄になりますので」

「……わかりました。貴方は信頼できる方のようだ。私の相談を聞いていただきましょう」

静夫は今朝からの一連のことを奈瑚に話した。突然の飼い犬ゴロウの死。ゴロウが自分にとってどのような存在であったか。急な別れで今自分がどれほど悲しいかも分からないほど心の針が振れきっていること。最後に、夢の中で聞いたと思ったゴロウの吠える声が現実のものだったのなら、起き出して様子を見に行けば救えたのではないかと後悔していることを。

その間ずっと奈瑚は形の良い眉を哀しげにひそめて話に聞き入っていた。

気がつくと二人の間に立てた蝋燭はかなり短くなっていた。三十分ほどたったのだろうか。

静夫は話の終わりに奈瑚に尋ねた。

「ねえ、ゴロウはどうして死んだんですか？」

静夫の問いとともに奈瑚はサッと無表情になり、ゆっくりと目を閉じる。肩で息をすること三度。やがて目を開けると蝋燭に視線を落とし、呪文のような言葉を呟きだす。それは何度も繰り返された。彼には日本語に含まれない音が混ざっているように思えた。

やがて奈瑚は静夫と目を合わせ、言葉を紡いだ。

「ゴロウは恐ろしさとあなたへの忠誠心の狭間でこの世を去りました」

獣医がゴロウは人間で言う心臓マヒで死んだと診断したことは話の中で触れた。だが、ゴロウの死に顔がどんなものであったかは伝えていない。静夫は彼女の言葉を待った。

「ゴロウは底知れぬ恐怖を感じながらもあなたを守ろうと必死でした。相手に向かって精一杯の威嚇を続けたのです。その努力が功を奏したのか、あるいは何か別の理由があったのかわかりませんが、相手は立ち去りました。だがその時ゴロウの生命力も燃え尽きていたのです」

「どうしてそんな事がわかる！」

静夫は思わず大声を出して立ち上がった。ゴロウが自分を守って死んだと言われたのも同然だった。自分が泥のように眠りこけている間、怯えながらも必死で何者かと戦っていたゴロウ。思い描いたその様子は彼の心をえぐった。

　奈瑚は静夫の激情にも動じる事なく、微かな憐憫を含んだ眼差しで彼を見上げたまま、深く穏やかな声で答えた。

「大山さん。私は推理や勘で占いをしてはいません。……あなたはゴロウの亡骸に長時間触れていらっしゃったでしょう？　そのせいでゴロウの最期の思いがお身体に染みついたのです。私には『死者が残した思い』を感じとる力があるので、今お話ししたことがわかったのです」

――そんなことがあるものか！

　そう怒鳴り返そうとして彼は思いとどまった。「残留思念」という概念を彼は知っていた。人間の非常に強い感情がその場所やそこにあったものに留まり続けることで、それが「地縛霊」や「呪われた遺物」の根拠とされることがある。世界各地を調査して歩いた静夫には、土着信仰で出くわした経験がたびたびあった。奈瑚はそれが動物でもあり得るというのか。

　そう思考を巡らせることで彼の激情は過ぎ去って行った。崩れるように丸椅子に腰を下ろす。そしてさっき大声を出した詫びを述べた。

　奈瑚は安心させるように微笑んだ。

「大丈夫、慣れています。いろんな相談者がいらっしゃるから」

　そう言われて静夫は肩を落とした。

「そうですね。私はあなたに占いを頼んだのです。お話を受け入れなければいけませんね」

　笑みを崩さず奈瑚が言う。

「私の言葉をどう受け取るのもお心のままに。無理に受け入れる必要はありません。」

「――で、ゴロウが戦った相手は何者ですか？　強盗にでも入ろうとした輩(やから)でしょうか？」

「……いえ、強盗ではありません。いくつか答えの可能性はあるのですが、今のままでは、はっきりとはお答えできないのです」

「結局はわからないのですか？」

　そう言う静夫の声は再び波立ちそうだった。

「今日のところはまだ。よろしければゴロウを見つけたとき、あなたが着ておられた服をお持ち願えますか？　それを拝見して、占いを続けたいのです。もちろん、今日完全に占えていないので、追加の見料はいただきません。私自身、はっきりさせたいという希望もありますし」

「わかりました。着ていた服を持って明日また来ます」

　そう静夫は約束した。

6

　結局終電になったので、駅からのバスもなく、自宅までタクシーだった。家の前で降りて庭の柵(さく)の門を開ける。ガーデンライトも今日は消しておいた。タイマーでオンオフする門灯だけが青白い光を放っている。その明かりを頼りに鍵を開け、玄関の電灯を点けて崩れるように中に入った。ドアに鍵をかけたあとは乱雑に靴を脱ぎ、リビングへ向かう。そこでゴロウと最期の別れをしたせいか、まだ微(かす)かにゴロウの体臭が残っていた。気がつくと涙が頬を伝っていた。まだ一日も経っていないのだ。アルコールのせいで情緒のコントロールを失っていると思った

静夫はそのままバスルームに向かった。

シャワーから迸(ほとばし)る熱いお湯が、「研究者」のわりには筋肉質の引き締まった身体の表面を弾くようにして流れてゆく。文化人類学者として世界の「秘境」と呼ばれる地域にも調査に行く以上「本の虫」とは対極の身体作りが必要だ。背中に残る十センチ余りの傷跡は、エジプトで盗掘者に襲われて切られた時のものだ。痛みを堪えて血を流しながらも逃げ切ったおかげで、今ここで生きている。だから現在は休日に近くの護身術道場に通って念入りに鍛(きた)えている。

無心にシャワーをあびていると、頭も次第にはっきりしてきた。

「……本当に原因がわかるのか」

浴室の鏡に映る自分の顔に向かって呟く。

冷静になれば「残留思念」というのも眉唾物(まゆつばもの)だとわかる。非科学的だ。それを、死者の魂の召喚を霊媒師に依頼するホラー映画の登場人物のように信じて振る舞おうとしていた。

――馬鹿馬鹿しい。

そう思いつつ、しかし静夫の肚（はら）は再びあの奈瑚という女占い師に会うことに決まっていた。

バスルームを出て濡れた髪をタオルで拭きながら、冷蔵庫からミネラルウォーターを取り出し、ペットボトルから直接喉に流し込む。アルコールの影響はもうなくなったようだ。クリアーになった頭が、ある用件を思い出した。そのままパジャマに着替えて二階の自室へと向かう。

部屋の中は庭に面した大きな窓の横にダブルベッドがあり、布団や毛布は今朝彼が起き出して乱れたままだ。部屋の反対側にはライティングデスクと肘掛け付きのデスクチェアーが置かれている。そのライティングデスクの足元には小型の耐火金庫が据（す）えられている。静夫はしゃがみ込んでダイヤル錠を合わせた。有価証券や銀行通帳と一緒に収まっていたケースを取り出した。旅行用トランクのような形状だが大きさはハガキの束が入るぐらいしかない。小さな発掘品を海外から持ち帰る際に彼が利用しているものだ。

デスクチェアーに腰掛けてそれを机上に置き、蓋（ふた）を開けると中からウズラの卵ほどの透明なガラス玉が現れた。実際、「球」と言うより「卵」と言った方がいいくらい、長径と短径の差がある。と、それが黒い緩衝材（かんしょうざい）を背景にして明るく光ったように見えた。しかしそれも一瞬のことで、静夫がまばたきをして見直すと部屋の明かりが映り込んだだけだとわかった。

それはアイスランドから届いた、五世紀頃のものと思われる女性のミイラから発見された。ミイラそのものはラングヨークトル氷河の下層から発見された。古代エジプトで作られた人工的ミイラと違い、死体が氷河の低温で冷凍された結果出来上がった、いわゆる「ウエットミイラ」である。ふっくらとした頬も長い頭髪も残っており、皮膚こそなめされたようになっているが、まるで眠っているように見える。発掘されて間もないものを静夫自身が調査して興味を惹(ひ)かれ、友人のアイスランド人研究者の助力を得て今回の展示品の目玉として国外持ち出しを許可されたものだった。発見当時は首と四肢が切断された状態であったため、「悲劇の美女」と呼ばれてニュースになった。ただ、切断が人為的なものなのか氷河の動きによる自然のものなのかは解明されていない。どちらにせよ、特別展の目玉となる話題性は充分だった。

それが昨日博物館に到着した際の開梱(かいこん)作業の時に、新米研究員があろうことかミイラの棺(ひつぎ)を頭から床に落としてしまった。棺が横倒しになった衝撃で首の接合部が外れ頭部が転がった。その時何か玉のような物が落ちたのを見て、静夫はその後を追った。他の者はミイラを落としたことで大騒ぎをしている。静夫は拾い上げた玉を作業着のポケットへと入れた。

咄嗟(とっさ)の行動だったものの、静夫は自らを恥じた。「こんなものが今出てきた」と言うべきなのにそれをしなかった。理由はわかっている。彼の研究者としての勘が、それを特別な物だと知らせたからだ。何か大きな発見につながれば、彼自身の評価も上がる。普通ならそういう名誉欲からの利己的行いは静夫の最も嫌うことだった。

だが、今の彼には研究主幹から外されたという現状への焦りがあった。それに動かされての行動だったのである。

その間にも駆け寄ってきた他の館員が一緒になってミイラの点検を始めていた。彼も加わり、接合部を調べるふりをして玉の出どころを探した。やがて彼は頭蓋骨と頸骨の接合部近くで球形の窪みを見つけた。丁度さっきの玉が入るくらいの大きさだ。乾いた表皮の一部が裂けており、そこから転がり出たのだろう。

——どうして今までわからなかった？

発見当時は世界的なニュースとなったため、このミイラはさまざまな調査が為された。貴重な遺物だから検視解剖のように切り刻めないのでエックス線やＣＴで体内を調べたはずだ。何かが埋め込まれていれば当然見つかっている。展示のために最小限のナイロン製の糸で人型に修復してあるが、運搬前にそれを後から解いて埋め込む手間を誰かがかけたとは思えない。

——画像診断に写らない？

その考えが彼の頭をかすめたが、科学的にあり得ないとそれを振り払った。

開梱作業が終了するとすぐ彼はトイレの個室に駆け込み、玉を取り出してしげしげと見た。それは「玉」よりは「卵」というのがふさわしい形をしていた。大きさはウズラの卵ほど。無色透明なガラスで作られているように見える。

——しかしガラスならＣＴに写る。見落としたのか。それとも別の物質でできているのか？ガラスだったとしても五世紀頃のアイスランドにこれほど透明なガラスを作る技術は無い。

大発見の可能性を感じたので静夫は密かに持ち帰り、ジェラルミンのケースに入れて金庫に保管した。ゴロウの事があったので、これに関して友人と連絡を取るのを忘れていたのだ。

静夫はスマートフォンでガラスの卵の写真を添付するために撮り、続けて大学時代の友人である田辺喜久雄あてのメールを打ち込み始めた。

田辺は大学で同じ映画研究部員として活動をしていた仲間である。彼は工学部だったので、映画の好みも見方も静夫とは正反対のことが多く、それが面白くてよく感想を述べ合っていた。今では産学協同設立の大阪科学技術大学で工学部の准教授をしている。材料評価学領域の研究者なので、これまでも発掘品の材料特定では何度か世話になっていた。今回も目の前にある「ガラスの卵」が本当にガラス製なのかどうか秘密裏に鑑定を依頼するつもりだった。

出所を伏せたままでの鑑定依頼のメールを送ると午前二時過ぎなのにすぐ了解の旨の返信が来た。また研究室に泊まり込みで何かやっていたらしい。明日の朝一番で持参するよう指定してきた。何時頃行くつもりか返信しようとした時、不意に部屋の明かりが消えた。

7

部屋が真っ暗になったので静夫はスマートフォンのライト機能を使おうとしたが、何故かフリーズしていてメール作成中の画面の明るさでしか照らせない。

庭に面した窓の外も暗い。門灯がタイマーでオフになったらしい。――と、窓の外を一瞬何かが横切った。

――二階なのに？　進入しようとしている強盗なのか？　だが、強盗ならもう少し姿がはっきり見えるはずだし今の動きはかなり速い。まるで鳥だ。

――ごつん。

何かが勢いよく窓にぶつかった。しかしガラスが割れるほどではなかったようだ。

すると断続的なブザー音が庭から聞こえだした。それは警報機の音というより、小学生が作った電子工作のキットのような、ちゃちな音だった。その発信源が庭であることから、静夫はゴロウを襲った「何か」が再びやって来た可能性に思い至り、窓際に駆け寄って外の様子を確かめた。だが部屋の明かりが消えているので外には闇が広がるばかり。彼の家から近い街灯のＬＥＤも消えている。思い切って窓を開け、庭の方に目を凝らす。暗さに少し眼が慣れたのか庭木や柵の輪郭がぼんやりと見て取れるようにはなったものの、ブザー音がいまだ続いているあたりを見つめようとした途端、急激に心に拡がった感情があった。それは「恐怖」や「戦慄」に分類される原初の感情だった。

――見ルナ。見テハナラナイ。

声ならぬ声が脳内に突き刺さる。眼をつぶりたいという欲求が心の中で爆発的に膨らむ。

だが静夫は恐怖で止まりそうになった息を整えることに意識を集中した。それに応じて視野が明瞭さを取り戻す。ついに彼は庭木の上に浮かぶ青い影を見出すことができたのだった。

それは蝙蝠の羽を持つ蜂のような輪郭をしていた。大きさは一メートル半ほどか。暗くて細かい様子が見えない。静夫は光を求めてベッド脇に備え付けていた非常用ライトに手を伸ばすと、青い影に向けスイッチを押した。ハロゲンランプの黄色みを帯びた光が明るく外を照らす。

その瞬間、影に劇的な変化が生じた。粘液まみれの軟体動物のような表面が見え、それが光にあたるうちに桃色に波打ち出したのだ。それとともに断続的だったブザー音が悲鳴のようなけたたましい高音になる。と同時に羽状の器官が高速で振動を始め、一瞬後にはライトが照らす範囲を離脱して上空へ消えた。

静夫は慌ててライトを空に向けたが光の届く範囲には何も見えない。ただブザー音だけが風に乗って微かに彼の耳に届くのだった。

一呼吸置いて室内灯が点いた。窓の外でも外灯が再点灯したらしく、周りの家々の輪郭が浮かび上がった。

「……今のは……何だ?」と口に出して呟いた。

気がつくとベッドの上に放り出していたスマートフォンもフリーズ状態から復帰して彼の入力を待つカーソルが点滅している。窓が開け放たれ、手にライトを握っていなければ悪夢か幻覚を見たと思うかも知れない状況だった。静夫はしばらく暗い空を見上げていたがもう何も起こりそうにないので窓を閉め、ベッドに腰を下ろすと、気持ちが落ち着くのを待ってメールの続きを打ち始めた。今のことは田辺に伝えても信じるとは思えないので、用件のみにした。

打ち終えた後ベッドに寝転がったが、さっきの恐怖の記憶が繰り返し蘇(よみがえ)ってきて、静夫は結局朝まで一睡もしなかった。

8

大阪モノレールの新設駅「サイエンス・ヒルズ」から、駅前に広がる公園内の道を通って徒歩七分の所にある大阪科学技術大学、略称「科技大」は、その名が示す通り西日本における「科学技術の殿堂(でんどう)」と呼べる存在だった。以前は国立大学がその地位を担(にな)っていたが、日本の名だたる大企業が科学技術面での日本の地位復権と「国産新技術」の誕生を目論(もくろ)んで資本提供し、この大学を設立して以来、「科学技術の殿堂」として認知されるようになっている。

昨日のメールで朝七時と約束した通りに大山静夫は科技大を訪れた。田辺の研究室はキャンパスの中央にある集中実験棟にある。上空から見るとテクノロジーに因んで「T」字型をしており、上辺の長さは二百メートルあまり。各研究室が持つ実験装置には相当大きなものもあるため、他大学の研究棟と比べて倍近いサイズにしたと静夫は田辺に聞かされたことがあった。Tの交点にあたる部分が八階まで吹き抜けのエントランスホールになっていて、シースルーのエレベーターが二機稼働している。静夫は乗り込むと七階のボタンを押した。

エレベーターから降りるとロビーになっていて、正面と左右に廊下が延びている。白衣や作業着を着た人影がまばらに歩いていた。

静夫は正面に延びる廊下を進んだ。突き当たりに田辺の「材料評価学領域研究室」はある。途中「構造制御学領域」「知能機械学領域」「エネルギー増殖生産学領域」といった、正直静夫にはまったく理解の及ばない名前の研究室をいくつも通り過ぎる。ここを訪れる度、いつも「中を覗(のぞ)いてみたい」という好奇心にかられる。

田辺の研究室前にたどり着いたのでドアをノックし、返事を待たずに開けて中に入った。何度も訪れ、勝手知ったる故の行動だ。

十メートル四方ほどの室内にはセラミック天板の大型実験台や作業台、スチールフレームの分析機器台などが三つの島を成して置かれている。残りの空間には大型の装置がいくつか置かれており、「核磁気共鳴装置」「質量分析装置」などと記したパネルが貼りつけられている。左右の壁には試薬台とキャビネットが隙間(すきま)なく並んでいた。

部屋の奥、大きなすりガラスのはまった窓際には事務用机があり、田辺喜久雄がパソコンに向かって何か打ち込んでいた。

頬骨が目立つ細面で、薄い眉が隠れるほどの太い樹脂製フレームの眼鏡を鷲鼻(わしばな)が支えている。座っているのでわからないが、身長は一九〇センチと高く痩身(そうしん)である。静夫と同い年だが十才は上に見えるほど老けている。

「悪い。あと少し待ってくれ」

ディスプレイ画面から目を離さずに田辺が言った。

「ああ」と答えて静夫は手近にあった丸椅子を引き寄せて腰を下ろした。学生達が実験を見る際に使うのだろう、至る所に丸椅子がある。

さらに十分ほど待たされた後、田辺が立ち上がり、もう一つ丸椅子を引っ張って来て座った。

「昨日からずっとＪＡＸＡとやりとりをしていてな。こちらが提示してやった構造式通りの素材が予算の関係で作れないと言うのさ。……どうやらＪＡＸＡ担当の文科省の審議官が宇宙開発とは畑違いの奴らしくてそいつが渋っているらしい。官僚ってのは――」

放っておくと延々愚痴を聞かされそうなので静夫は田辺の話を遮る。

「田辺、悪いがこれから俺も出勤なんだ。話はまた今度。まず、物を見てくれないか」

田辺は二、三度口をパクパクさせたが鑑定依頼への興味がまさったらしく、おとなしく口を閉じた。静夫が例のケースを取り出して中身を見せると目を輝かせた。

「……それが五世紀に作られたガラスだと？」

「多分、な。これが出てきたミイラの炭素年代測定結果はＡＤ四〇〇年代だった」

「でも、この透明度は現代のレンズ並に見えるぞ。後世に仕込んだ捏造じゃないか？」

「その可能性も含めて調べてもらいたいのさ。いつものように謝礼は出せんが、晩飯をおごる。そして凄い発見があった場合、その名誉は山分け、でいいよな？」

学生時代の友人同士らしいアバウトな契約を静夫は確認する。

「わかってるさ。俺としては未知の素材を調べられるだけでワクワクして満足なんだ。晩飯もおごって貰わなくてもいいくらいだ。四十前の男二人で飯を食ったって嬉しくもない」

静夫はその言葉には応えず片頬で微笑むにとどめた。

「じゃあ、よろしく」と言ってさっさとドアへ向かう。背中から田辺の声が追いかけて来た。

「三日ぐらいかかると思っておいてくれ」

――まぁ、特別展開催中に分かればいいか。

そう考えて静夫は「了解」の意味で背を向けたまま手を振り、田辺の研究室を出た。

9

静夫が博物館に出勤すると待ちかねていたように特別展のスタッフが血相を変えてやってきた。昨夜搬入された特別展のパンフレットに重大な誤植（ごしょく）があったという。開催に間に合わせるためには手の空いているスタッフと、印刷会社から派遣されてくる人間とで修正シールを貼り付ける作業に取りかかる必要がある。静夫は早速陣頭指揮に当たらねばならなくなった。

結局静夫を含めた五人掛かりで深夜の一時まで作業は続いた。

途中、昼の休憩時に田辺から興奮した口調で電話があった。

「おい、凄いぞ！　あれはガラスじゃなくて『透明な金属』なんだ」

「金属って……透明な金属なんてあるのか？」

「無いよ。だから凄いんじゃないか。世紀の大発見になるかもしれない。金属としての特徴は銅とほぼ同じなのに透明なんだ」

「特殊な樹脂ってことはないのか？」

「電顕（電子顕微鏡）で調べたが、単一の元素でできているようだ。ただ、その元素が特定できない。地球上には無い未知の元素らしい」

「本当か？　それ、ひょっとしたら世紀の――」

「俺がさっき言ったよ。とにかくもう少し調べてみる。夜にでも電話してくれ」

そう言って田辺は電話を切ったのだった。

作業が終わった時には終電もなくなっていたので博物館に泊まり込むことにした。機械警備が導入される前まで使われていた守衛の仮眠室は、今では深夜まで仕事をした人間の仮眠室として活用されている。簡易ベッドの上で食事がわりのパンを齧（かじ）りながら田辺に電話した。

「ああ……大山か……」と、昼間とは打って変わって寝起きのような口調で田辺が言う。

「悪い、寝てたか？」

「あ……いや。起きてるよ。ああ、そうだ……例のガラスな、俺の勘違いだったよ。……電顕の設定を間違えてたらしい。ただの……ガラスだ。すまないなぁ」

話ぶりに違和感を覚えたが、寝起きと分析ミスの落胆でそうなっているのだと静夫は考えた。

「詳しいことは明日になればわかると思う……。夜の九時に……来てくれないか」

「わかった。行かせてもらうよ」

その言葉には応えず田辺は電話を切った。

——奈瑚の所へは、田辺の研究室に行く前に寄っておこう。

遠回りも甚だしいのだが、それを苦にしていないのを、静夫は我ながら滑稽に思うのだった。

10

かっぱ横丁から出た裏通りには、前回同様人通りが少なかった。記憶を辿って歩いて行くと、「占」と文字の書かれた行灯の明かりを見つけることができた。先客はいないようで、巫女姿の奈瑚がこちらをじっと見つめている。本当なら昨日訪れるはずだったから、彼女が怒っているのではないかと静夫は心配していた。

「今晩は。昨日は大変でしたね」

見台の前に座った静夫に、開口一番彼女は言った。

「なっ——なんでわかったんです？　占いに出ていましたか？」

——昨日泊まり込んだことは内部の者しか知らないはずだ。

奈瑚は愉しげに悪戯っぽく微笑んだ。

「……占わなくてもわかります。寝不足の顔に無精髭。昨夜お越しにならなかったこと。突発的に何かが起きて深夜までお仕事をなさったのでしょう？　これぐらいの推理、普通の奥さんでもできますよ」

確かに単純な推理だ。静夫は納得しながらも、奈瑚の口から出た「奥さん」という単語に見当違いに顔が赤くなっているのを鏡も見ずに自覚できた。奈瑚の笑顔から目を逸らし、バッグから自分のスウェットを取り出すと、照れ隠しに慌てて用件に移る。

「これが最後にゴロウを抱きしめた時に着ていたものです。バタバタしていたので洗濯はしていません」

奈瑚は真顔になってグレーのスウェットを手に取ると、顔の前に寄せて袖口あたりからじっくりと見つめ始めた。

「それで結構です。洗っていない方がよく分かりますから」

そう言いながらも視線はゆっくりと服の表面を確かめてゆく――と、胸の辺りまで進んだ時に奈瑚が一瞬目を大きく見開いた。そして服を掴んでいる指にぎゅっと力を入れながら他の部分も急いで調べ始める。その行為はスウェットを裏返して全面を確認し終えるまで続いた。

「どうしました？　何かわかったのですか？」

そう問う静夫に答えず逆に聞き返して来る。

「大山さん。あなた、最近変わった物を手に入れてません？　何か……不思議な物を」

――ガラスの卵のことだ。

奈瑚は答えを待たずに強い目線で静夫の顔を見ながら続ける。

「根拠はこのスウェットに付いていた……そう、蝶の羽の鱗粉（りんぷん）にあたるものです。顕微鏡を使わないとあなたには見えないのですが、ゴロウに恐怖を与えた存在が振りまいた鱗粉のような物質は、可愛そうなゴロウの亡骸に付着しました。それがまたゴロウを抱きしめたあなたの衣服に付いたのです。先日あなたが移り香のように纏（まと）っていたゴロウの残留思念を読みとって、もしやと思っていたのですが、悪い予感は的中しました」

――顕微鏡を使わないと見えない物が奈瑚には見えるのか？　残留思念の件といい、正気かどうか疑わしい。だが、ガラスの卵については言い当てたことになる……。

「すると、あなたはゴロウの死の原因となった存在が蝶のような鱗粉を振りまく奴で、それに関わっている何かを私が手にしたというのですね」

問いただすような静夫の言葉にも奈瑚は臆（おく）さなかった。

「そうです。大山静夫さん、私を信じて本当のことを話して下さい」

そういう奈瑚のことばには、彼女自身が切羽詰（せっぱつ）まったような響きがあった。

十秒はたっぷりあっただろうか、静夫は折れて口を開いた。

「わかりました。……お話しましょう」

話し出すと堰（せき）を切ったように止まらなくなり、静夫はすべてを奈瑚に話した。

ミイラから出たガラスの卵のこと。自宅に現れた闇に蠢めく影のこと。田辺に分析を頼んだこと。そして……名誉欲に駆られて遺物を持ち帰ったのがゴロウの死の遠因なら、その浅はかさを後悔していることも。

全てを話し終えて静夫は奈瑚の顔色をうかがった。軽蔑されるのではないかと怖れて。だがそこには懺悔を聞いた神父が見せるのと同じ眼差しがあった。そして奈瑚は形の良い唇を開いて穏やかな声で言った。

「よく話してくださいました。では、行きましょう」

11

「ええっ……どこへ行くのですか？」

そう問う静夫に奈瑚は占いの道具を片付けながら言った。

「もちろん、お友達の田辺さんのところです。まだ間に合うかも知れません」

「何に？」という静夫の問いには答えず、奈瑚は見台に使っていた机を折り畳むと丸椅子とともに持って道の向かいにある居酒屋に入って行った。すぐに戻って来ると占い道具を突っ込んだ手提げの紙袋と残りの椅子を手に再び居酒屋の中へ。入り際振り返って「ちょっと待っていて下さい」と静夫に声をかけ、そして中に消えた。

五分は待っただろうか、「お待たせ」と言って出て来た奈瑚を見て、静夫は我が目を疑った。同一人物とは思えなかったからだ。

腰まで届くロングヘアは肩の前後に垂らしている。それでいて黒で揃えたVネックのノーカラージャケットとアンクル丈のパンツの組み合わせに着替えた姿は男性的で、タカラヅカのスターと言っても通るほど颯爽としていた。肩にかけた黒いトートバッグにはシャネルのロゴが入っている。

形の良い小顔に施したメイクはナチュラルで、さっきまでの妖艶さとは打って変わって清楚な美女が静夫の前に立っていた。

「人間って驚いたら本当に口をポカンと開けるのね。まさか、私が巫女の格好で一日中歩き回っているとでも思った？」

口調までくだけたものになっている。

「い、いや……。で、どうして君が一緒に田辺の研究室に行くんだ？」

奈瑚が心もち眉を顰めた。

「お友達には危険が迫っているの。それを防ぐには私が必要。これは今はまだ詳しく説明できないけど信じて。あなたも危険な目に遭うかも。それを守れるのも私。ただ、お友達はもう手遅れかも知れない。でも、間に合う可能性があるなら行かなきゃ」

「随分と勝手だな。もし本当に危険ならかえって君を連れて行けないよ」

それを聞いて奈瑚はにっこりと微笑んだ。

「ありがと。嬉しいわ。でも、今回のガラスの卵の件は、可愛そうなゴロウの敵討ちだけでなく、私の仕事の対象でもあるの」

「仕事って……奈瑚、君は一体――」

そう言う静夫の唇を奈瑚は右手の人差し指を立てるようにして押さえた。

「おしゃべりはここまで。向こうが九時って時刻を指定してる以上、急いで行かないと」

そう言い放つと奈瑚は颯爽とした足取りで駅に向かって歩き出す。静夫は慌てて後を追った。

12

二人が科技大に着いたのは、田辺と約束した午後九時を少しまわったところだった。大学の敷地に入ってからは誰にも出会わなかったが、集中実験棟はこの時間でもほとんどの窓に灯りがついていた。

吹き抜けのエントランスホールも、照明は半分に落とされているものの、十分明るかった。

エレベーターに乗り込み七階のボタンを押す。

室内の階数表示が「5」になった時、奈瑚が「気をつけて」とエレベーターの天井を見上げたままで静夫の耳に囁(ささや)いた。まるで何かをみつけたかのようだ。

「え?」と彼が聞き返すと同時にエレベーターが停止し、ゆっくりとドアが開いた。

そこには意外にもエレベーターの到着を待っている人々がいた。人数は六人。一人はスーツ姿の女で後の男は白衣を着ている。静夫が一昨日の朝見かけた顔も混じっている。今から帰宅する研究者たちなのだろう。

静夫と奈瑚がエレベーターから降りられるように彼らは二つに分かれて道をあけた。

その間を二人は進んだ。が、静夫は気づいた。

──帰宅するのにどうして白衣を着たままなんだ?

「静夫さん!」と奈瑚が叫んだ。

振り返った彼の目の前に、何本もの伸ばされた腕が迫っていた。その向こうには奈瑚に掴みかかろうとする男女の姿が見えた。

襲われる理由を考える隙も与えず髭面(ひげづら)と白髪頭の二人の男が静夫に組みついて来た。どちらも静夫より身長は低く華奢(きやしや)な体格だったが、彼を掴む手の力は万力のように強い。髭面が掴んでいる静夫の左手首に激痛が走った。白髪頭は背後から静夫の首に腕をまわし、柔道の締め技のようにして後ろへ引き倒すつもりのようだ。

──倒されたら残った奴らに寄ってたかって拘束(こうそく)される!

そう瞬時に判断すると同時に静夫の体が反射的に動いた。だてに護身術の道場に通っているのではない。

静夫は相手が後ろへ引き倒そうとする力を利用するために一旦身体を沈めてから床を蹴った。勢いよく白髪頭と一体となって後方へ回転する形になり、一回りして降り立った時には首に巻きついていた腕はほどけている。相手は床に背中を強く打ちつけたらしく、裏返った亀のように起き上がろうともがいていた。一方、静夫の左手をつかんでいた髭面の腕は、驚いたことにまだ彼を掴んだままだった。

——嘘だろ。一回転したから手首が折れるか関節が外れているはずだ。

だが髭面は顔をしかめもせずに、もう一方の腕で再び静夫を捕らえようとしている。静夫はすかさず身体を右に回転させ、髭面にとって逆関節になるようにして身をかわした。

ぽきっ。

更に力が加わったことで、今度ははっきりと相手の腕の骨が折れる音がした。

しかし、髭面は無表情だ。ようやく立ち上がってこちらに向き直った白髪頭の顔にも感情らしきものは浮かんでいない。

奈瑚が気になって目を向けると、華麗に身体を左右に揺らして敵の手を避けながら、隙をついては相手に手刀や蹴りを放っていた。まるでカンフーアクション映画のヒロインだ。しかし、相手は攻撃をくらった衝撃で転倒してもすぐまた立ち上がって奈瑚に向かってゆく。静夫が反撃をしている間にも、彼の周囲では残りの二人が退路を断つように背後に回り込んでいた。

——連携する知能があるか。それなら、凶器を使って倒すわけにもいかないな。テレビゲームのゾンビなら拳銃でヘッドショットか手足を撃って無力化……

そこまで考えた静夫の頭に閃いたことがあった。

——もしかして。

折れた腕を物ともせず突進して来た髭面を、静夫は身体を半身にしてやり過ごし、相手の右肩を掴んで背後を取った。そのまま空いた自分の左手の指で相手の首筋を探る。

——思った通りだ！

頭骨と頸骨のつなぎ目あたりで人差し指がズブッと入り込んだ。首の皮膚がたやすく裂けて中の空隙に呑み込まれている。髭面の身体が電気ショックを浴びたようにビクンッと跳ねる。それに構わず更に指を押し込むと指先に硬いものが当たった。

——これだ！

そのまま抉るように指を捻るとヨーグルトのような白い液体にまみれた、球体のものが転がり出て床に落ち、硬い音を立てて転がった。それは例のミイラから出てきたガラスの卵と同じものに見えた。

不意に静夫の右腕に相手の全体重がかかる。腕を解くと髭面は糸の切れたあやつり人形のように床に崩れ落ちて動かなくなった。

——やはり、あのミイラは氷河によって手足を切断されたのではない。当時の人間たちが、今のこいつらのように倒しても倒しても起き上がってくるゾンビ化した女を行動不能にするために切り落としたんだ。そして雪の断層に落としてとどめを刺したのだろう。そんな手段をとったのは、首に埋め込まれたガラスの卵のことを知らなかったからだ。

「奈瑚！　こいつらの首筋に埋め込まれている卵を引っ張り出すんだ！」

そう叫んだ静夫に奈瑚は目でうなずき、正面に迫った白衣の男の腹に膝蹴り（ひざげ）を打ち込む。剥（む）き出しになった男の首筋に彼女は人差し指と中指を揃えて突き刺した。さっきの髭面同様、男の身体は一跳ねしたが奈瑚は容赦なく指先をひねってガラスの卵を掻（か）き出した。男は手で支えもせずに倒れ、額を床に打ちつけてそのまま動かなくなった。

――凄い。聞いただけでピンポイントに突き刺せるなんて、体の中を透視でもできるのか。

浮かんだ疑問を考える隙も与えずに残った三人が静夫を襲う。一人を足払いで転倒させるとそれに覆いかぶさるように倒れ込む。抱えたまま床で半回転し、自分の上に相手が乗った状態にしてあとの二人の攻撃から守る盾にした。同時に首から卵を掻き出して行動不能にすると、横転して立ち上がり、次の一人を蹴りつけた。前のめりになったところに両掌（りょうてのひら）を合わせて振り下ろし、床に倒す。そのまま馬乗りになって首筋から卵を取り出し無力化した。

だが次の瞬間頭に激痛が走った。白髪頭が片手で静夫の髪を掴んで上に持ち上げたのだ。堪え切れずに立ち上がると敵は正面から手を伸ばして喉を鷲掴（わしづか）みにした。息が上がっているところに気管を塞（ふさ）がれて、彼の頭は爆発しそうに痛んだ。無表情のはずの白髪頭の顔がなぜか勝ち誇っているかに見える。と、その目が裏返って白眼になった。髪と喉に伸びていた手がはなれてだらんと両脇に垂れる。そのまま膝を突き、次いで床に倒れ込んだ。

その後ろに立っていたのは、顔の横でマジシャンのように人差し指と中指でガラスの卵を挟んで微笑んでいる奈瑚だった。

彼女に向かって行ったスーツ姿の女はエレベーターの前で上を向いて大の字になっている。自分たち二人で六人の襲撃者を倒しきったのが静夫には信じられなかった。

奈瑚はガラスの卵を床に投げ捨てると、ロビーの隅に落ちている自分のトートバッグを拾って肩にかけた。静夫も襲撃者の身体から抉り出した卵を拾い集める気はなかった。自分のキャンバス地のバッグを手に持つ。

「さあ、行きましょう」

奈瑚が襲撃などなかったかのように落ち着いた口調でそう言った。

13

「僕たちはこいつらを殺したことになるのかな」

倒れている襲撃者たちを見回して静夫は言った。その声に不安げな響きが混じっている。

「気にしないで。彼等はある意味、初めから死んでいたの。時間があったらまた説明するけれど、少なくとも私たちは殺人者じゃない」

「奈瑚さんを信じるよ。やらなきゃきっとこちらがやられていたし」

そう言って静夫は長い通路の先にある田辺の研究室に身体を向けた。それに寄り添うように立った奈瑚が言う。

「静夫さんもわかっていると思うけど、相手は私たちをたっぷりと出迎えてくれるつもりよ」

「今ので足りないってのか？　えらく見込まれたものだね」

肚の据わった返しに奈瑚がクスっと笑った。

ばしっ。

突然の音と共にエレベーターホールの照明が消えた。先に伸びた通路の灯りだけになり、二人の周りは互いの輪郭しかわからないぐらいの暗さになった。

ぶっ。

静夫には聴き覚えがあるブザー音がしたと思った途端、左肩に痛みが走った。暗い中で手を当ててみるとジャケットの肩が切り裂かれて肌も一緒に切れているようだ。鉄錆の臭いがするので出血しているのだろう。

危険を感じて通路の明るい場所まで進むと、今度はそこの照明が消えた。

二人は後ろから迫る闇に追いかけられながら通路を全力疾走することになった。ついに通路の全ての照明が消えた瞬間、二人は突き当たりの研究室に飛び込んでドアを閉めた。

静夫にとって見慣れた研究室の中は、電灯の明かりで満たされていた。

正面の机に田辺の姿は無かった。

どんっ。

背後のドアに何かがぶつかる音がした。静夫がすぐにサムターンを回してロックする。これでIDカードが無いと開かないはずだ。

ひと息つけると静夫が気を抜いた途端、室内の照明が消えた。

14

明かりの消えた研究室内は、磨りガラスのはまった窓から差し込む月明かりで辛うじて見渡せる程度だ。静夫は入口脇の照明のスイッチを何度もいじったが反応はない。その一方で、室内にある検査機器の電源ランプやインジケータのランプには点灯しているものもある。

——どうやらLEDの電子回路に障害を発生させて明かりを消しているらしい。

そう静夫は推理した。

「やぁ大山……よく来たね……。でも、せっかく迎えをやったのに……みんな機能停止させるなんて……ひどいなぁ」

誰もいないと思った机の方から、田辺の声が聞こえた。

二人は用心深く歩を進める。手前の実験台を過ぎたところまで来てようやく声を発したものを見ることができた。それまではパソコンのディスプレイの陰になって隠れていたのだ。

それは高さが四十センチ、直径が三十センチほどの円筒だった。蓋と底は五センチ位の厚みを持つ銀色の円盤で、縁には象形文字にも見える幾何学模様が刻まれている。しかもその溝の何箇所かでは青と赤の光がちらついていた。機械の作動中を示すインジケータと似ている。

残りの円柱部分はガラスのように透明で、中は青みがかった液体で満たされて、細かい気泡が乱舞していた。

静夫はその泡の向こうに見えるものを知って驚愕した。

それは――人間の頭脳だった。それが気泡の動きに合わせて揺れているので一個の生き物のように見える。

「どうだ？……凄いだろ？……この状態できみと話せるんだぜ……もちろん驚いたきみの顔も……隣の美しいお嬢さんも……よく見える……」

声は蓋の部分から発せられているようだ。言葉に合わせて光が明滅する。

――声は田辺のものだ。話しぶりも同じ。だが、この間延びした話し方は……

「マジックじゃないぞ……思考を音声化する過程で遅延が起きるけど……間違いなく俺だよ」

「わかった信じよう。展開が急でじっくりと考えている暇もないしな。……それで田辺、どうしてそんな容器の中に入っているんだ」

「さすが大山……度胸があるな。お前から……預かったガラスの……卵、本当は◎※▽◇

##というんだが……それのおかげで『み・ご』に出会えた……のさ。……今の俺を見てわかるように……凄い科学力を持ってる。……彼等は生きた知識の……コレクターで、俺が頭脳を……提供する見返りに宇宙へ連れて行って……くれるんだ」
「お前、宇宙旅行のために脳味噌だけになったっていうのか？」

「ああ、そうさ……やっと日本は有人……ロケットができるレベルだ。それに俺自身……は地上から見上げて……喜ぶしかできない。それが……一気に他の銀河系を……訪れることが……できるようになる。素晴らしい話じゃ……ないか」

　静夫には狂気の沙汰としか思えなかった。きっと田辺はゴロウのような恐怖を経験し、結果発狂したに違いないと推理する。

「気を確かに持て、田辺。なんとか元に戻る方法があるはずだ」

「無理ね」と口を挟んだのは奈瑚だった。

「『み・ご』の誘いに乗ったんでしょ？　なら、元に戻る方法は無いわ」

「どうしてそう言い切れるんだ？」と静夫が問うと奈瑚は憐憫の情を含んだ表情で答えた。

「彼の身体はさっきの人たち同様、この次元の光の下で活動できない『み・ご』が企(たくら)みを代行させるロボットになっていると思う。そして脳は――今容器の中をスキャンしたけど、残念ながら手遅れね。『み・ご』の前哨(ぜんしょう)基地がある『ゆごす』――人間が冥王星と呼ぶ星の環境への順応行程がかなり進んでしまっている。身体に戻したところで適合せずに死ぬだけ。そうでしょう、田辺さん？」

しばらく沈黙した後、田辺の声が言う。

「その通りだよ。でも……そんなことまで知っているとは……ミスカトニック大学の奴ら並み……じゃないか。お嬢さん……きみは一体何者……なんだ？」

「私？……私は通りすがりの占い師よ！」と言うやいなや奈瑚は静夫を突き跳ばし、自身もそのまま床上で前転した。

二人のいた空間を何かが凄い速さで行き過ぎた。そのまま田辺の脳が入った容器上の空中でホバリングする。

——あの蜂もどきだ！

一昨日の夜、静夫の自宅に出現した、蝙蝠の羽を持つ蜂の怪物だ。それが容器の発する光に照らされて、おぞましい姿を晒している。以前は影としか見えなかったが、今はイソギンチャクに似た頭部も、体表で蠢く文様も仔細に見ることができた。

「『み・ご』は珍しく……怒っているぞ……沢山のロボット化した身体が……台無しだと……きみたちを処理しろとさ。……僕としては一緒に……宇宙を旅したかった……のに残念だ」

田辺の声がそう告げる。生かして帰さん、と言う意味だと静夫は受け取った。

……この蜂もどきが入って来たということは。

「後ろ！」と立ち上がって体勢を整えた奈瑚が叫ぶ。振り返るとドアの方から迫って来る人影が見えた。それは田辺だった。IDカードでドアのロックを外したのだろう。襲撃者達同様、無表情でぎこちない動きだ。だが、静夫より背が高いので、捕まると簡単には無力化できない。

「あー……気づかれたか。……素直に殺られて……くれないかなぁ」

ぶっ。

ブザー音とともに「み・ご」の何対もある脚の一本が三メートルほども伸びて、先端の鉤爪が静夫の腰をかすめた。ジャケットの布が切り裂かれ、肉まで斬られる。そうして怯んだところをロボット化された田辺が前から覆うようにがっちりと掴んだ。更に斬りつけようと「み・ご」が空中から接近する。

敵の注意が静夫に集中したので奈瑚が自由に動く隙が生じた。そばにあった実験台の上にトートバッグを置き、ビニールシートにくるんだ棒状のものを取り出す。台上を素早く転がすと中から現れたのは——松明だった。それを左手に持って、バッグの底から取り出したライターで火をつけた。たちまち燃え上がってあたりを黄色い光が照らし出す。

「能伝須神の力を秘めた松明の明かり、消せるものなら消してみよ！」と、自由の女神像のように凛々しく掲げて叫ぶ。

骨も砕くかと思えるほどの怪力で静夫を締め上げていたロボット田辺の腕が緩んだ。すかさず身体を捻って抜け出すと、後ろに飛びすさって距離をとり、事態の変化を確かめる。ロボット田辺の動きがガクガクと断続的なものに変わっている。

理由は「み・ご」を見てわかった。

あの夜、強い光を浴びた時のように皮膚が桃色に波立っている。

ぶっぶぶっぶっ――。

悲鳴のような高音で断続的にブザー音を発しながら、苦しげに脚を動かしている。

――やはり、こいつは明るい光に弱い。だからこれまで照明を落としてきたのか。

奈瑚が持つ松明に神通力があるのかどうかはともかく、電気を使わない炎に対しては敵に方策が無いのだろう。

とうとう「み・ご」は火に炙られているかのように翼をバタバタ動かして、壁や天井にぶつかりながらあたりを飛び回り始めた。

「おい女、やめろよ……光で苦しめても……異次元生物だから……殺すことはできな――」

口調だけなら全然慌てているとは思えない田辺の言葉を途中で奈瑚が遮る。

「これで、どうかしら」

静夫は彼女と直角の位置にいたので、一部始終を見ることができた。

奈瑚は松明を掲げたまま、残る右手を前に突き出し、掌を怪物に向けた。そして静夫が知りうる限りのどの言語とも違う言葉で何かの呪文を唱える。たちまち奈瑚の掌に五芒星形が浮かび上がった。次の瞬間、それは蒼く輝き、そこからレーザー光線のように青い光が発射され、「み・ご」の胴を貫いた。怪物は飛びまわっていた勢いで田辺の脳が入った容器に衝突し、一緒に床に落ちた。

「なっ……『み・ご』がやられた……うー苦しい……助け&☆#%*……」

田辺のことばの最後は人間のものではなかった。彼の身体の方は立ったまま硬直している。怪物の体には奈瑚の五芒星形と同じくらいの大きさの穴があいていた。傷の断面は漆黒で血のようなものは流れていない。皮膚は松明の光を受けて、未だに桃色に波打っている。二人が見つめるうちにその波打ち方がどんどん高速になってゆき、怪物の身体が分解を始めた。周りの空間に溶けるようにして消えてゆく。少し遅れて脳の容器が、次に田辺の身体までが、筆先の絵具が大量の水に溶けるように消え始め、一分もたたないうちに完全に無くなってしまった。

それに合わせて消えていた照明が点くと、奈瑚は松明の炎に右掌をかざした。不思議なことに燃え盛っていた炎が掌の五芒星形に吸い込まれるようにして消えた。

「……終わった……のか?」と静夫が尋ねる。

「ええ、これでおしまい。『み・ご』は死んだわ。田辺さんの脳と身体は本当に消えたのか、それとも地球の衛星軌道上にある彼らの宇宙船に回収されたのか、私にはわからない。襲撃者たちの脳は多分『み・ご』の手に渡ったと思う」トートバッグを肩にかけながら奈瑚が答える。

「奈瑚、君は何者なの?」

「静夫さんには本当のことを言っておくわ。私は『邪神』やその眷属(けんぞく)を狩るのが仕事……いえ、宿命なの」

「邪神？」

「この世界には人類が誕生する前から恐るべき神——『邪神』がいてね、今は深い眠りについているけれどいずれは目覚めると言われているの。その時には人類なんてあっという間に滅んでしまう。それを少しでも阻止するために私達は戦ってきた。今回の『み・ご』も邪神につながる種族。研究者達を奪われたけれど、彼らの計画は阻止することができたわ。静夫さん、あなたのおかげよ。……私達はいつも彼らが現れる兆しを探している。あそこで占いをしてるのも、アンテナを立てているようなものなの」

「それって君に仲間がいるってこと？」

奈瑚は応えず微笑みを返しただけだった。

——言えないのだ。

静夫は察して話題を変えた。

「でもこれからが大変だ。研究者が何人もいなくなったんだから。警察に通報する？」

「信じてもらえないわ。だから何もせずに帰ってね」

そう言って奈瑚は握手を求める手を差し出した。

「これって……」

奈瑚の手を見つめてから、顔を上げて彼女の顔を見る。

「そ、お別れよ。もう会えないわ」

「そんな！」

大声で言って一歩踏み出した彼の手を、奈瑚は無理やり掴んで振る。

「わがまま言わないの。……静夫さん、強くていい人だから、きっと素敵な出会いがあるわ」

こんな変なのじゃなくて、と奈瑚は囁くように付け加えた。

そしてくるりと背を向けてうつむくと足早にドアの外に消えた。

静夫は瞬間、呆気にとられたが、すぐに跡を追った。

しかし、通路にはもう奈瑚の姿はない。静夫はエレベーターホールまで全力疾走して追いかけたが誰もいなかった。倒された襲撃者の身体も消えている。

「奈瑚、君まで消えるのか……」

静夫はエレベーターホールに立ち尽くし、新たな喪失感に堪えるのだった。

15

科技大から戻って静夫はそのままリビングのソファーに倒れ込んだ。あっという間に睡魔に襲われ、気がつくと朝になっていた。ボロボロになった服を脱ぎ、傷を確かめにシャワールームにゆく。既に血は乾いてこびりついており、とりあえずの処置にはてこずった。それでも遺跡調査の折に墳墓の斜面を滑り落ちて傷だらけになったのを、身体を洗う水もないキャンプで手当てした時よりは遥かにマシだった。

ソファーに戻り、ミネラルウォーターを飲みながら一息ついていると、テレビのニュースで科技大の事を報じていた。

「大阪科学技術大で研究者が集団失踪」

そのテロップを見て静夫は自分のところに警察が来るのでは、と怯んだ。しかし次のテロップを見て安堵した。

「アジアの某国による拉致の方向で捜査方針固まる」

信じられないことに、全く無関係な某国の犯行になっていた。

――奈瑚、これも君の仕業なのか。

静夫は天井を見上げた。

特別展が大盛況で始まった日の夜、例の裏通りに静夫は行ってみたが、奈瑚の占いは出ていなかった。彼女が道具を預けていた居酒屋に入って行方を聞いてみる。頑固そうな店主のオヤジは無言を通したが、それに代わって、若い女店員が、リスのように店の中をこまごまと動きながらも、答えてくれた。

半年ほど前から、月極で道具を置くことと、従業員用の更衣場所を貸す契約になっていたという。口約束なのでどこの誰かも調べようもないという。

――結局わからないのか。

静夫の落胆ぶりがよほどひどかったのだろう、女店員が言った。

「お兄さん、気晴らしに飲んで行ったら？　うちの魚は天下一品よ」

屈託(くったく)ない笑顔でそう誘う彼女を見て奈瑚の言葉がよみがえる。

――きっと素敵な出会いがあるわ

「……そうだね、じゃあ一杯もらおうか」

言いながら静夫はカウンターに腰を下ろすのだった。

闇の捌き人

三家原　優人

——現在よりも未来の世界で、過去から変わらぬ脅威が、今日もどこかで。

頭から塩をぱらぱらと落としながら、永田真美子は、自分の身に起きた出来事に首を傾げていた。

「何が一体、どうなってるのよ？」

「おいおいおい、何ぼーっとしてんだよ。しっかりしろよなぁ」

その足元には、二足歩行するクマのぬいぐるみが、小さな両手で器用に刺身の盛り合わせを抱えながら、彼女を躊躇無く蹴ってくる。

「ちょっと、何するのよ!?」

「オレ様の質問に答えねえからだろうが。それで、どうなんだ？　証拠はあったのか？」

「証拠……それはその……」

質問に答えることができず、視線が泳ぐ真美子。その視界に映るのは、入り口の暖簾に、達筆な字で『居酒屋くーちゃん』と書された居酒屋だった。

「そうよ、元を正せば、あのバイト求人から全部始まったのよ。ねえ、アンタもそう思うでしょうポン吉？」

「いや、知らねえよ」

素っ気ない返答を受けても、真美子は怯まない。そう、全てはここから始まったのだ。

自宅から徒歩十分少々。

そんな目と鼻の先な居酒屋で貼り出された求人情報を見たあの瞬間から。

「存在は前から知ってたけど、いつ行っても誰もいない暇そうな居酒屋。しかもそこそこいい時給にまかない付き……どう考えても、いいバイトだと思うじゃない？」

「そうだな、在学中に就職活動を失敗したお前には、金も稼げて飯代も浮く、まさに絶好のバイトに見えたんだよな。その時は」

「そう。あの時はそう思ったのよ……楽そうな仕事だって」


昼に電話をかけると即採用が決まり、その日から働くことになって喜んだものの、そんな気持ちはすぐ吹っ飛ばされた。

「はぁ……今日もまずはこの作業からね……」

その理由は、厨房の至る所に並べられたこの大小様々な刺身皿。この皿に合わせた盛り付けをしなければならないのだ。

「暇だと思ったのに、全然暇じゃないし……！」

バイト初日から店は満員御礼で、その誰もがこの刺身を求めてくるのだ。

「たしかに安くて美味しいから、満足感があるのは分かるけど……」

その注文の多さに調理が追いつかず、ホール係として雇われたはずが、出勤二日目からは盛り合わせに菊やツマを添える作業が加わり、三日目には仕込み要員として出勤も頼まれ――気がつけば、早朝から調理場に立つのが当たり前になっていた。

「ヘイ！　マミ！　グッモーニンだヨ!!」

背後から現れたのは、身長二メートルはあろう褐色の青年であった。

「おはようボブ……アンタ、本当いつも元気ねえ？」

「オウ？　マミ、元気じゃないのかい？　もしかして、病気かい？」

自慢のアフロを揺らしながら前掛けをつけ、よく研いだ包丁を指でくるくると回していると、突然彼の後頭部にまな板が直撃した。

「ギャォオォッ!?」

まな板の翔んできた方へと振り返ると、そこには真美子よりもずっと背の小さな初老の男が威圧的な笑みを浮かべていた。

「おいこらボブ。なに包丁で遊んでんだ。テメェ、料理舐めてんのか？」

「オウ、ソーリーボス……」

屈強そうな大男であるボブすらも恐れるこの男こそ、店長にして、調理人でもある陣徳そのる陣徳その人であった。

「ボブ、ソーリーとはなんだ？　ここはジャパニーズだから、謝罪はごめんなさいだろう？」

淡々とそう言いながら、瞬時にボブとの間合いを縮めたかと思えば、遥かに長身の彼と視線が並ぶほど跳躍して頭突きを食らわせた。

「オォゥウッ!!」

痛みで仰け反るボブに対し、陣徳は表情一つ変えず着地する。

「それに、前にも注意したはずだよな？　調理場に入る時は、その縮れアフロにカバーを被せろって。おいこら、言ったたはずだよな？」

そう言いながら何度も脛を蹴ってくる彼に、ボブは必死に平謝りを繰り返す。

「オウ！　ご、ごめんなさいボス、許してくださいヨ……！」

「まったく……それじゃあ、最初の一匹、捌いてみろ」

「イエス・ボス！」

勢いよく敬礼したボブが準備する間に、陣徳は巨大な冷蔵庫から刺身の大元である巨大な切り身を軽々と持ち上げて調理台へと並べてみせた。

「いいか、今日こそちゃんといい刺身を作れよ。お前は筋がいいが、どこかまだ思い切りが足りてない。それは、お前が自分自身の腕に自信がないっていう証拠だ。だから、もっと自信を持て、技術ならこの俺が保証してやる」

「ボス……！　ミー、頑張るヨ！」

師匠の言葉ですっかりその気になったボブは、くるりと包丁を一回転させ、迷うことなく一気に刃を入れていく。

切っ先がするすると身を裂き、そのまま一刀両断するかと思われたのだが……。

真ん中に到達する辺りで突如切れ味が悪くなり、直線がガタついてしまう。

「ノ……ノゥ……オマィガ……ノォノォォ……ファッ……アゥゥッ……!!」

なんとか立て直そうとするボブだったが、焦れば焦るほど刃は妙な方向へと傾き、せっかくの身が崩れたところで、とうとう手が止まってしまった。

「……おい、ボブ代われ」

「へ、ヘイ!!」

包丁はそのままに、さっと陣徳に場所を譲ると、彼は切りかけた身に軽く指先で整え、突き刺さった包丁を握りしめた。

「せっかくの上物をこんなずたずたにしてやがって、これじゃあ客に出せねえぞ?」

そう言いながら陣徳が刃を動かした途端、苦戦していた箇所に難なく刃が入って、左右へと裂けていく。

「オゥ……ワンダホー……」

「本当、ボブがやるのと全然違うわね」

「当たり前だ。いいか、身っていうのは斬るんじゃない。斬れる一点を見出し、そこに刃を入れる。そうすりゃあ、勝手に最高の刺身は出来るんだ。ボブ、お前の問題は、その一点を見つけても、躊躇しちまう事だ。いいな、そんなんじゃあ、いざって時に困るぞ」

先程の威圧が嘘のように優しく語りかける陣徳に、ボブは瞳を潤(うる)ませて包丁を受け取った。

「オゥ、さすがボス……！」

「当然だ。それじゃあ、ボブ、今日のお給料の一部は刺身(これ)な」

「ホワァッ!?」

「なんだボブ、文句があるのか？　目の前で実技して、クズを料理にしたんだぞ？　感謝して持って帰れよ」

「で、でもボス。ミーの給料、ジャパン来てからほぼ刺身ダヨ？」

「そりゃ当たり前だろ？　失敗したら自腹で補填(ほてん)するのが日本スタイルだよなぁ、マミ蔵？」

「は、はぁ……まあ……そうですね」

下手に否定すれば、自分にも飛び火するのが分かっているだけに、真美子は反論する気すらも起きなかった。

「さてと、今日のボブのノルマだが……百匹とするか。もちろん、失敗すればそのたびに、給料が刺身になるから覚悟して捌けよ」

「ボ、ボス？　それだと、ミーの月給だけデ足りないよ？」

「それなら、来月再来月も刺身だな」

ニィィッと口元だけで笑う陣徳、その瞳は一切の笑いを否定する闇色に包まれていた。

「ヒィッ……！　が、頑張るヨ、ボス！　百匹捌くヨ！」

「よろしい。それじゃあ、任せたぞ」

そう言って、調理場を後にする陣徳。

威圧的存在が去って、ほっと胸をなでおろすボブだが、その表情は冴えない。

「だ……大丈夫なの？」

「ハハハ、大丈夫ヨ。ミーの地元じゃあ日常茶飯事ヨ！」

「いやいやいや、どんな日常よ？　それにしても、なんでボブはこんなブラックな場所で働き続けてるのよ？　他にも働く場所くらいあるでしょ？」

「ンー、確かにクレイジーな所もあるケド、ボスの術はミーが見てきた中でもナンバーワン。その腕に惚(ほ)れて弟子になったんダヨ」

「包丁技術……ねぇ？」

確かに陣徳の技術がすごいのは真美子自身も認めるのだが、あんな性格な師匠をとても自分から持とうとは思えなかった。

「ボス、自分のウデマエを披露する為に昔は世界を渡り歩いてて、ミーの地元ではマグロの解体ショーしてたんダヨ」

「ボブの地元ってアメリカだよね？」

「イェス。なんにもない町ダッタからネー。ミーはその時、地元の名産だったジャーキーをいっぱい育ててたヨ」

当時を思い出して、懐かしそうに目を細めるボブ。

「ジャーキー？　ああ、牛の事？」

「ノンノン、ジャーキーはジャーキーだよマミ！」

恐らく、東北で牛をベコと呼ぶような、そういうローカルな言い回しなのだろう。

「だけど、そんな退屈してたミーの前に、ボスが来たんダヨー。あの時は、ジャパニーズからサムライが来たって、町中大盛り上がりだったヨ」

「サムライって……とんでもない偏見で出迎えられたもんね。で、その解体ショーはどうだったの？　というか、アメリカでそういうのって受けるの？」

「オゥ……それは、その……」

この反応からして、あまり良い結果ではなかったのだろう。

「でもね！　ミーはすごく感動したんだよ！　ボスの包丁捌き、あれはもうアメージング過ぎヨ！　こうやって、ズバズバってネ！」

そう言って、ボブは次々と目の前の切り身を捌いていく。

「だからミーは、ボスの技術を身につけて、地元で居酒屋を開くのがドリームなんだよ!!」

陣徳への尊敬と自分の夢を語り終えるのとほぼ同時に、まな板の上には幅も切り口もめちゃくちゃな刺身が完成していた。

「オゥ……マミ、いる?」

「え、いいの? それじゃあ、お言葉に甘えちゃおうかな」

口では遠慮がちに言いつつも、切ったばかりの刺身をラップしてもらい、彼女は心の中でガッツポーズを決めていた。

そう、確かにバイトの環境は最低ではあるが、それでも真美子が辞めないのは、この失敗した刺身を毎日無料でもらえるからなのだ。


「なるほど。そうして毎日のように刺身を持って帰れるほど、有り余っていると」

「そうね、相当な数はあるわよ?」

深夜の喫茶店。バイト帰りの真美子は、テーブルを挟んで若い男と向かい合っていた。

テーブルの上では、相手の素性を示す名刺とラップされた刺身が並ぶという奇妙な状況に、彼女は手元のパフェを食べながら話を切り出した。

「えーっと、それで? 全国チェーン店のエリア長である村山(むらやま)さんが、小さな個人経営の居酒屋でバイトする私に……どういったご用でしょうか？」

「単刀直入に言わせてもらうと、我々のスパイになってもらいたい」

「は？　スパイ？」

「キミがあの店に対して不満を抱き、常に退職を検討していることは調査で知っている」

「はあ……同じ居酒屋でも、全国規模ともなると、そこまで調べてるんですね」

最初は新手のイタズラだと思い、からかい半分に喫茶店へとやって来たのだが、名刺に書かれた名前や連絡先が本物であると分かり、真美子は彼の申し入れに激しく興味を示していた。

「それで、ただのフリーターである私に、どんなスパイしろって言うんですか？」

「話が早くて助かります。貴方にして欲しいのは、あの『居酒屋くーちゃん』の看板商品でもある……この刺身の正体と仕入れ先を知りたい」

「正体って、ただの魚でしょ？」

「魚には違いないんですが……とにかく、我々としてはこの刺身の出所を知りたい訳です」

「そんな出所を知りたいって言われても、私だって知らないわよ。いつも厨房に所狭しと並んでるけどさぁ……」

「そこですよ。あんな小さな個人店が、いつでも大量入荷出来て、さらに値段も周囲の居酒屋に比べて圧倒的に安いなんて……これは、どう考えてもおかしいでしょう!?」

テーブルにどんと拳を叩きつけ、村山は苦虫を噛み潰したような表情を浮かべる。

「私がこのエリアを任されて早二年。ライバルは軒並み打ち倒してきました。しかし、あの店だけは、どれだけ策を練っても墜とすことは出来なかった……それも、全てこの刺身を求める客のせいです！」

「いやいや、ちょっとそれはオーバーじゃない？　たかが刺身くらいで……」

馬鹿馬鹿しいと思いつつも、相手の真剣な表情を見た真美子は、改めてパフェを一口頬張って問いかけた。

「それで、何を調べればいいの？」

「具体的に調べて欲しいのはこの三点です。いくらで仕入れているのか。誰から仕入れているのか。この魚は何なのか」

「もちろん、無料じゃないわよね？」

「当然。前金として十枚。我々の疑問を一つ解決する毎に、同じ額を追加でいかがです？」

「へぇ、随分と気前がいいじゃない。いいわよ。この依頼、引き受けてあげる」

「期待していますよ。それでは私はこれで……支払いはこれでどうぞ」

そう言ってテーブルに一万円札を一枚置くと、村山は周囲を警戒するように見回してからそそくさと喫茶店から出て行った。

（それにしても、スパイか――……なんか映画みたい！）

一人残された真美子は、上機嫌でパフェを平らげると、さらに追加で頼んだカレーピラフも一粒残らず平らげていく。

（それにしても、刺身の仕入れ先ねぇ……私も前々から気にはなっていたけど、もしかして密漁だったりして？）

陣徳ならやりかねない。自分を慕う弟子の給料を刺身にするような男だ。金の為なら、密漁でもなんでもあらゆる手段を取っても不思議ではない。

「よし、いっちょうやってみますか」

怪しげな依頼だが、すっかりやる気になった彼女は、他言無用と言われたのにも関わらず、帰宅してすぐさまポン吉へ自慢げに語ってみせるのであった。

「スパイ？　お前が!?」

「そうよポン吉。やばいでしょ？」

「はははは！　に、似合わねぇーっ！」

話を聞いたポン吉が馬鹿笑いするのを見て、真美子は思わずムッとする。

「なによ似合わないって、私だってやる時はやる女よ？」

「いやいやいや、無理だって。おめぇみたいな鈍くさい奴が、スパイなんて勤まるわけねーって。さっさと手付金返して来いよ」

「うっ……返せって言われても……」

「おいこら、なんで眼ぇ逸らした？」

口の悪さとは対照的な愛らしくつぶらな……お友達ロボットと呼ばれる彼ら特有の、どこか人懐っこい瞳でじっと見つめるポン吉。

その視線に耐えきれなくなった真美子は、気まずそうな弱々しい口調で答えた。

「……使っちゃった」

「なにに？」

「……スマホゲームのガチャに」

「殴るぞテメェ」

「で、でも一つ情報を提供する度に十万円よ？　たしかにポン吉の言う通りヤバイ話かもしれないけど、虎穴に入らずんば虎児を得ずっていうでしょ!?」

「君子危うきに近寄らずとも言うぜ？」

ぴしゃりと返すポン吉に反論が出来ず、視線の泳ぎまくった真美子は、ふとテーブルの刺身を見てハッと閃いた。

「そうだ。ポン吉！　この魚の正体をネット検索してみてよ！」

「は？　何言ってんだよオメェ？」

本気で人のことをバカにした声で問い返すポン吉に、真美子も我ながら情けない発言をしたと頬を赤らめる。

「いや、だから検索してみてよ。ほら、画像検索とか」

「そりゃ、出来るけどよー……オメェ、自分が何食べてるのか知らずに今まで喰ってたのか？　魚の種類も分からねえとか、あれか？　オメェ、刺身は全部切り身が泳いでるとか思ってるタイプだろ？」

「ば、馬鹿にしないでよ！　私でも魚は魚として泳いでることくらい分かってるわよ」

過去にも何度か調べようとしたのだが、不思議と刺身を食べた途端、どうでもよくなって頓挫していたのだ。

今まではそれでもよかったが、既に着手金に手をつけてしまった上、追加報酬欲しさも加わった彼女を止める事は不可能だった。

「まったく、面倒くさい事ばっかり押しつけやがって。えーっと、この魚だなー……」

そう言いながら、ポン吉は検索を始める為に刺身をじっと見つめ続ける。

「で、何なの？　私的には、鯛とかそういう系だと思ってるんだけど」

「んーっと、これはー……これはだなななな……なななななななななななな」

「えっ!?　ちょ、ちょょっとポン吉!?」

刺身を派手にぶちまけて倒れたかと思えば、しばらく「な」を連発し続けるポン吉。これはマズイと判断した真美子は、電源になっている丸い尻尾に手を伸ばした瞬間。

「きゃっ!?」

彼の身体から火花が炸裂し、彼女は咄嗟に後ろへと飛び退く。

「ポン吉？　ちょっと、ポン吉……大丈夫？」

　こちらの呼びかけにも応じず、ただただ沈黙し続けたが……それから間もなくして、彼は急に立ち上がって踊り出す。

「再起動中、再起動中——デモ機能始動——やあ！　ボクは人工知能を搭載したおしゃべりロボットなんだ！　今日からボクはキミのお友達だよ！　ボク、キミのお名前が知りたいな！」

（そういえば、元々こういう感じだったのよねー……いったい、いつからあんな性悪なクマになったんだろう）

　友達ロボと呼ばれる彼らは、飼い主と生活する内に、人工知能が相手にとって最適な性格を形成していくのが最大の特徴なのだが……。

（ポン吉のどこに私とベストマッチな要素があるっていうのよ？）

　全くもって謎だが、同時に今更別の性格になったとしても違和感しかないだろう。

「バックアップデータの読み込み中——登録名ポン吉。各システム異常なし。最新バックアップからデータの復旧作業が完了致しました」

　電子音と同時に、我に返ったポン吉が慌てて左右を見渡した。

「はっ!?　おい、何があった!?」

「こっちが聞きたいわよ。何があったの？」

「わっかんねえよ！　魚を検索してたら、いきなり画面がバグりやがった！」

「なによそれ……」

「いいか真美子。悪い事は言わねえから、この案件から手を引け。マジでやばいって!!」

「とか言って、本当は検索しても出てこなかったから誤魔化そうとしてんじゃないの？」

さっきのお返しとばかりに嫌みで返す彼女に、ポン吉は地団駄を踏んで訴え続けた。

「はぁっ!?　なに言ってんだ！　んな訳あるかよ！　とにかく、すぐ手を引け！　これ絶対にヤバイ奴だって！」

「大げさねぇ……仕方ない、じゃあ別の手で調べるか。本当、悪態をつくだけで役に立たないわねアンタ」

「いや、オレ様の話を聞けよ!?」

ポン吉の訴えも聞き入れず、真美子は次の手段を考えるのであった。


翌日。夕方から出勤だった真美子は、スパイという隠し味のおかげもあってか、いつになくやる気が満ち溢れていた。

「ヘイ、どうしたんだいマミ？　今日は上機嫌ダネ？」

「えっ？　そそそそそうかな!?」

いつも通り振る舞っているつもりなのだが、それでも内心のワクワクは抑えられない。

（スパイなんて、人生で絶対に縁がないような事だし……そりゃドキドキもするわよ）

相変わらず店内が刺身を求める人でごった返す中、真美子は隙あらばボブの手伝いをするフリをしつつ、何か手掛かりはないかと刺身を一つ一つ観察していく。

(白身で味も深くて、とろんとしてて……よくよく考えて見たら、今まで食べたどの魚にも当てはまらないいんだよね……)

正体不明の刺身を前にして一人唸っていると。

「おいマミ蔵。仕事中に動かすのは脳みそじゃなくて、手にしてくれると給料を減らさずに済むんだけどなぁ?」

ビールケースを抱えた陣徳に嫌みを言われ、彼女は慌てて止まっていた手を再び動かす。

そのままいつもと変わらない流れでバイトが終わると、すぐさま店の入口を一望できる物陰に潜んで監視を始める。

(刺身の在庫量からして、そろそろ仕入れし始めるはず)

とにかく報酬を得る為には、情報を入手するしかない。

営業時間を過ぎて、残っていた客が出始める。おそらく、あと三十分もすれば片づけを終えた陣徳とボブが出てくるはずだ。

(とにかく、二人の行動を監視していれば、取引相手との接触もあるはず)

わざわざこの為だけに、足音の軽減される靴まで新調してきたのだ。

絶対に現場を抑えて報酬を手に入れてやると闘志を燃やす真美子は……ふと、スマホが着信で振動しているのに気がついた。

「こんな時に誰よ……って、ポン吉？　もしもし、ちょっと今取り込み中なんだけど？」

『何が取り込み中だ！　昨日止めろって言ったの忘れたのかよ!?』

「大げさねえ、大丈夫だって」

『なんでそう言い切れるんだよ。とにかく、今すぐやめろ！』

再起動の一件があってから、すっかりとこの一件に対して反対派になったポン吉の言葉は真美子の耳には届かない。

そうやって話しているうちに、目標である二人の姿を視界に捉えた。

「っと、ちょっと待って動き出したみたい。とにかく後でね！」

強引に通話を中断させて、追跡を開始しようと思ったのだが……。

「へーイ、タクシー！　こっちこっち！　カモンカモン！」

ボブが元気よく手を振る先には、『予約』と表示したタクシーが近づいていた。

「ちょちょっ、嘘……タクシーとか！　嘘でしょ!?」

予想外な展開に慌てる真美子。その間にも、二人は呼び出したタクシーの後部座席へと乗り込み、そのまま走り出す。

もちろんこちらも追跡しようとタクシーを求めるが、そんなタイミングよく現れるはずもない……完全に二人を見失い、初めての追跡は失敗に終わるのであった。

「うそ……そ、そうだ。追跡は出来なかったけど」

何かを閃いた彼女は、戸締まりしたばかりの店へと近づいた。

「二人がいない間に、密輸とかの証拠を集めてやろうじゃない」

早朝勤務の為に与えられていたスペアキーで施錠を外し、スマホの明かりを頼りに薄暗い店内へと忍び込む。

いつも明るくて騒がしい店内がしんと静まっている様子は、新鮮さと同時に不安を煽る空気を感じさせるが、真美子は勇気を奮い立たせて進み出す。

「さてと、証拠証拠……」

調理器具の詰め込まれた棚。レジの周辺、怪しいと思う箇所は片っ端から調べるものの密輸に関わるような証拠は一つも出てこない。

「まあ、これは想定内。大体、こんな誰でも手を入れるような場所に変なもの隠したりしないわよね」

最初から分かってましたとばかりに頷き、次に向かったのは大型冷蔵庫の並ぶ貯蔵庫。

「木を隠すなら森の中。怪しい物を隠すなら冷蔵庫の中ってね」

取っ手を掴んで扉を開くと、見覚えのある刺身の盛り合わせが所狭しと並んでいた。

「うわぁ……ここにもこんなにも……どんなけ溜め込んでるのよ」

ここには何もないことを確認すると、隣の扉を開く。しかし、どこを開いても出てくるのは刺身の盛り合わせ、盛り合わせ、盛り合わせ……。

「なんか、ここまで刺身の盛り合わせばっかり見てると、ゲシュタルト崩壊起こしそう……」

残す扉はあと一つ。ここを確認したら、今日は諦めようと思ったその時、真美子は浅いブレーキ音に気づいた。

「……え？　もしかして、帰ってきた!?」

さすがにここで見つかってはやばいと左右を見渡すが、脱出する方法はない。

闇が自分を隠してくれると信じ、真美子は近くの物陰に潜んで息を殺す。静寂の中で響く靴音は次第に大きくなり、彼女の心臓も早くなる。

（気づくな……絶対に気づかないでよ……!!）

ゆらりと現れた人影――その特徴的な頭の形からして、あれはボブだ。

こちらの存在に気づく様子もなく、彼は真美子が調べようとしていた最後の扉を開き、奥から取り出したのは、一本の刀であった。

鞘を少しだけ抜いて刀身を確かめると、彼は足早に調理場を後にした。

「はぁぁ～……見つからなくてよかった……」

恐る恐る物陰から出てきた真美子は、彼が手にした刀を思い返して身震いする。

（あれって本物……!?　しかも、なんで冷蔵庫なんかに隠してたのよ!?）

様々な謎を残しつつも、怖くなった彼女は一目散に店を後にするのであった。

数日後。村山を呼び出した真美子は、彼の運転してきた小型車の助手席に陣取っていた。

「……なるほど。仕入れは三日に一回のペースで行われ、翌日には大量の切り身が厨房に並んでいると」

「そうよ。で、今日がその仕入れの日ってわけ」

ポン吉からやめろと忠告を受けたものの、調査を続けた成果を彼に報告し、ドヤ顔を決める真美子。その手は金を寄越せと主張する。

「待て待て。まだその情報は不十分だろう。私は、値段・相手・魚の正体の三つに対して報酬を払うと言ったはずだろう？」

「正確には、いつ誰と、でしょ？　日付を割り出して、今からその取引相手の場所に案内するんだから、もうこれはほぼ条件満たしてるようなもんでしょう？　それとも、今から二人に貴方の事をバラしてもいいんだよ？　ほらほら」

強気に脅してくる彼女に対して、村山はしばらく沈黙していたが――諦めた。

「……納得いかないが、たしかに君の言うとおりだ。だが、残りの二つはそんな中途半端な情報で買い取りは一切しないからな？」

念押ししながら封筒を差し出すと、彼女は怯む様子もなく中身を確認して懐へと収める。

まもなく店を閉めて出てきた陣徳とボブの前に、いつも通りタクシーが停車した。

「さてと、どこへと連れて行ってくれるのやら」

「それは着いてからのお楽しみって事で」

勿体ぶって言ったものの、正直なところ真美子も場所までは知らない。

二人が取引に行く周期と移動方法を割り出したまではよかったのだが、肝心の追跡となると、タクシーを利用する資金もない。走っても駄目、自転車でも無理という失敗が続き、依頼主に現場に連れていくという建前を使い、追跡用の車を出させるよう仕向けたのだ。

二人を乗せたタクシーは市内を抜け、海沿いに続く大きな道路をひた走る。

「一体どこまでいくつもりなんだ……？」

多数の倉庫が立ち並ぶエリアに差し掛かったところでタクシーは停車したが、村山はわざとその横を通り過ぎてさらに走り続けた。

「ちょ、ちょっとちょっと通り過ぎたわよ？」

「わかってる。でも、あそこで停車したら、こちらが追いかけていたと相手にバレるだろう。だから、こうしてわざと通り過ぎるんだよ」

徐々に速度を落とし、彼はルームミラーで二人がどの倉庫に入ったかを見届けてから路肩に停車する。

「よし、潜入しよう」

「お、オッケー……」

今更帰るとも言えず、その提案に賛成する真美子。路肩に車を停めて外に出ると、ねっとりと絡みつくような磯の香りが不快に思え、露骨に顔を顰めた。

「ううう、なんか嫌な感じ」

ぽつぽつと点在する街灯以外は何も灯りがない。正直、これ以上先に進むのもためらうが、村山はそれを許してもくれそうにない。

「ほら、とっとと行くぞ」

二人が入った倉庫を目指して歩き出したその時、胸元が急激に震え出す。

「わひゃっっ!?　びびびびびっくりした……！」

「おい、大きな声を出すな。気づかれたらどうするんだ？」

「ご、ごめんごめん……」

震えの正体は彼女のスマホ――煌々とした画面には、ポン吉からの着信を告げていた。

「おい、スマホを速く切れよ。見つかるぞ……！」

「わ、分かって……ちょっと待って、あれは何？」

彼女は真っ暗な海にぽっと浮かぶ灯りに気づいた。

「あれは……何かの合図か？」

二人が真っ暗な海を凝視する間も、灯りは数回の点滅を繰り返す。その正体は――一隻の船だった。船の合図に呼応し、真っ暗だった倉庫の照明が一瞬だけ点灯する。その窓から陣徳とボブの姿を目撃した真美子は、息を呑んだ。

「間違いない、あれは取引の合図か何かだな」

興奮を隠しきれない様子の村山。彼女も気持ちは同じだったが、同時に脳裏をよぎったのは……ボブがいつも持ち出すあの刀であった。

（なんで取引に刀なんて……まさか、ボブって陣徳の用心棒……？）

あの体格の良さで刀を振り回せば、それはもう頼もしい限りだろう。

だが、そんな物騒なものを持たなければならないような取引相手とは果たして、どんな存在なのか……。

「おい、またスマホが鳴らないようにしておけよ」

「分かってるわよ。同じ過ちは繰り返さないわよ」

そう言ってポン吉の電話を着信拒否にすると、二人はさらに倉庫へと近づく。

波止場に係留した船から複数の人影が上陸し、彼らはそのまま真っ直ぐ陣徳の待つ倉庫へと入り、まもなく照明が灯った。

陣徳とボブ……そして、明らかに堅気（かたぎ）ではない男たちが向かい合って何か交渉をし始める。

両者の間には蓋の開いた木箱が並び、中には見慣れた巨大な切り身が詰め込まれていた。

（ほ、本当に密輸してんだ……）

とにかく証拠を押さえておこうと、真美子はそっとスマホのビデオカメラを起動させる。

中の会話まではよく聞こえないが、日本語ではないようだ。腕を組んでふんぞり返る陣徳の横では、ボブが色々と身振り手振りのジェスチャーを加えながら取引相手との交渉を進めていて、こちらの存在には全く気づいていない。

「ね、ねえ村山さん。証拠のビデオは押さえたし……ちょっと危なさそうだから、今日のところはそろそろ帰らない？」

「おいおい何を言ってんだ。帰りたいなら君一人で帰りな」

「あ、ちょ、ちょっとちょっと……!?」

暗闇に紛れて彼が向かったのは、係留中の密漁船だった。

船内に誰も残っていないらしく、難なく近づいて証拠写真を撮ろうとしたその瞬間。

「うわぁぁあっ!?」

突如村山の体が高らかに空へと舞い上がる。一体何が起こったのか理解できない真美子だったが、彼の足に細長い何かが絡みついていることに気づく。

「な、なによあれ……!?」

「た、助けてくれぇぇぇぇぇぇっっっっ!!」

静かな港に響き渡る絶叫。それにいち早く反応したのは、倉庫にいた密漁団であった。

大きな刃物や銃を手に飛び出して来た彼らを見て、真美子は血の気が引いて震え上がる。

「じょ、冗談じゃないわよ……！」

幸いなことに、外に出てきた連中の意識は海に向いている。すぐに立ち去れば、逃げ切れるかもしれない。

あちこちから耳障りな奇声と銃声が交錯し、それはますます大きくなっていく。

「やばいやばいやばい！　これアウト！　絶対にアウト！　アウトなやつでしょ!?」

一刻も早くこの場から脱出しようと、頭を低くして逃げ出す真美子。

今更になって、ポン吉の忠告をしっかり聞いていればよかったと反省しても、もう遅い。

村山がどうなったのかも気になるが、いま第一に考えるべきことは己の命だ。

震える手でポン吉に電話をかけると、数コール音もせずに聞き慣れたあの声が耳を貫いた。

『おいこらテメェ真美子ぉっ！　なに着信拒否してんだごらぁっ!!』

「ぽ、ポン吉ぃぃぃ……ッ！」

いつもと変わらぬ罵倒も愛おしい。真美子は思わず涙腺が崩壊してボロボロと泣き出した。

『な、なんだよ気持ち悪い声出しやがって……なんだ？　何があった!?』

「説明してる時間ないから！　とにかく、タクシー！　今すぐこのスマホの場所にタクシーを呼ん……きゃぁぁあっ!?」

突如両肩を掴まれたと思った次の瞬間、地面が急激に遠のき始めた。

『おい、どうした？　真美子、どうしたんだよ!?』

「……飛んでるの！　私ぃっ！　今ぁっ！　空を飛んでるぅのぉぉぉ――っ！」

現実として起こっている状況を叫ぶ彼女に、電話越しのポン吉は、しばし沈黙した後。

『おめぇ……酔ってんだな？』

「えっ!? 違う！　本当！　本当に私、今飛んでるんだってぇっ！」

『はいはいはい、飛ぶくらい酔っていると……ったく、人が心配してたってーのに、そんな酔っ払い報告かよ』

「いや、だから！　ちょっと私が話してる事を一方的に否定で捉えるのやめにしない!?」

事実、空を飛んでいるのだ。

もうすでに落下すればただでは済まない高度まで到達し、恐る恐る顔を上げた真美子が目にしたのは、彼女よりも遥かに巨大な鳥であった。

「ポン吉、これがもしも酔っ払って見えてる幻覚だったら、素直によかったかもしれないと思うわ……信じないと思うけど、私よりもずっとでっかい鳥に拉致されてるんだもん」

人間、己の理解できる範囲を超えると、ここまで冷静になるものなのだろうか。

淡々と状況を説明する彼女に対し、電話越しのポン吉は完全に呆れた物言いで同情までしてくる始末だった。

『左様か。よっぽど変な酒飲まされたんだな……』

とはいえ、冷静になったところで、今そこにある危機が消滅したわけでない。

こんな状況で、唯一良かった点といえば……。

「あー……すっごく月が綺麗……」

今までにない程に大接近をして見る月の美しさくらいだろうか。

だが、そんなものに感動をしていられるのも、最初の数分程度。

「ってか、いつまで私を拉致してんのよ!?　今すぐはな……されたら死んじゃうから、降ろしてぇぇっ！　早く安全そうな場所に降ろしてよぉぉっ！」

掴まれた肩を左右に振って抵抗してみるが、肝心の巨大鳥はまったく気にする様子もなく羽ばたき、甲高い鳴き声を轟かせる。

（まずい……これ絶対に巣とかに運ばれて、子供の餌にされるやつでしょ!?）

これだけの大きな鳥だ、そのお子様もさぞかし立派な体格の持ち主だろう。

「冗談じゃないわよ！　転落死もやだけど、鳥の餌になるとか……!!」

陸地は遙か遠くとなり、眼下には月明かりで輝く大海原が広がっていた。

「うわぁぁぁ……キレイ……海沿いの街に住むっていうのも悪くないかもねぇー……なんて言うとでも思ったかぁぁっ!?　この野郎離せぇぇっ！　大体、私がどんな悪いことをしたっていうのよぉっ!?」

『おい、落ち着けよ真美子。とにかく水飲め。——へーイ、マミィー!!——お前、酔っぱらい通り越して、錯乱してるぞ』

「うるさいわねえ！　この状況で平静保ってられる奴の方が異常よ異常！」

絶体絶命。万策尽きたと諦めの境地に入りかけたその瞬間。

「ん？　ちょっと待って。今、変な声が混じってなかった……!?」

『は？　なななななななな、何言ってんだオメメメメメメメメメェ？』

「えっ!?　なにちょっとポン吉!?　何それ!?　怖いんだけどぉ!!」

妙なところでポン吉の言葉が反復し、次第に耳障りな雑音を混じらせて不通となる。

唯一の望みである電話が途切れ、絶望に沈む真美子であったが……。

「ヘーイ！　マミィーっ！　ルッキンミィィィ――――ッッッ!!」

静寂の空に響く陽気な片言に驚いて振り返ると、そこにはコウモリのような翼を持つ巨大昆虫の背で仁王立ちするボブがこちらに向かって急接近していた。

「ボブ！　ちょ、ちょっとたすけ……助けて!!」

「ハハハ！　マミ、なに楽しそうにスカイドライブしてんダヨ！」

「これのどこが楽しそうなのよこのバカ！　とにかく助け……ひゃぁぁあっっ!?」

追跡に気づいた巨大鳥が急加速し、彼女の身体に強烈な風が襲いかかる！

「オゥ！　レースは嫌いじゃないヨォッ!?　ヘイ・ヨー・シルバァアッツ！」

自分の乗っている昆虫の背を蹴り、逃げる鳥を追いかけるボブ。

あまりにも強い風に目を開けていられない真美子は、ただ振り落とされない事を祈りながら、事の成り行きを見守るしかない。

じわじわと逃げる巨大鳥と並んだボブの手には、鋭い輝きを放つ刀が握られていた。

「マミ、ちょっと怖いカモしれナイけど、ドント心配ヨ」

「ちょ、ちょっと待って、一体それで何するつもりなの……!?」

もう十二分に恐怖を味わっているというのに、これ以上何をするつもりなのか。

「ボス見えるヨ！　ミーにも、ボスのセイするライン見えるヨォォ……!!」

「な、なにが見えてるのよ!?　そんなのいいから、早く助けてよぉぉぉっ!!」

泣き叫ぶ真美子の目の前で、ボブは刀を振りかぶって昆虫の背を蹴り——飛翔する。

一瞬でもタイミングが外れたら命はない大博打。彼の大きな身体が巨大鳥に激突するその寸前、刀を一気に振り下ろした！

上から下へ、下から上へ……血が噴き出す間も与えず、彼の斬撃は巨大鳥の胴体を三枚におろしてみせた。

「ちょっ!?　ちょっとま……ひゃぁぁぁぁぁ——————ッ!?」

見事な解体ショーを披露してくれたのはいいが、当然ながら彼女の身体も、捌かれた胴体と一緒に落ちていく。

(うそうそうそうそぉっ！　いっそ鳥の餌として運ばれた方が生き残る可能性はあったんじゃないの!?　ボブのやつ何やってくれてるのよぉぉぉ——っ!?)

まもなく訪れるであろう衝突に身構えた彼女だったが、再び空へと舞い上がる！

「フゥゥゥゥ――――ッ！　セーフ!!」

「ぼ、ボブゥゥゥ……!!」

「ぎりぎりセーフだったネ、マミィッ！　ユー、とってもヒヤヒヤさせてくれるヨ！」

筋骨隆々なボブの右腕が真美子の身体をしっかりと抱きしめ、左腕は乗ってきた昆虫の脚を掴んでいた。

「た、助かった……の？」

安堵した彼女は、命の恩人である彼に向かって満面の笑みを浮かべ……思いっきり、頭突きをかました。

「オゥ!?　ワッツ!?　マミ、何でダヨ!?　せっかく助けたのに、なんでキスじゃなくてヘッドバット!?」

「あ、アンタねえ！　もう少し平和な助け方はできなかったの!?」

「そ、そんな事を言われても困るヨ！　大体、なんでマミ、ここにいるのさ!?」

「うっ、そ、それはそのー……」

まさかスパイをしていたなんて白状するわけにもいかず、言葉を濁す真美子。

「ってか、ボブ。アンタ、酒飲んでるの？」

彼の吐息からは、微かに甘いアルコール臭がしていた。

「おお、ちょっとしか飲んでないヨ！」

そう言う彼からは、猛烈なアルコール臭が漂っていた。

「どこがちょっとよ!?　もうベロベロじゃない！」

「ハハハハハハ、お酒はちょっとダケど、ミーめっちゃ弱いから、それデモ大丈夫！」

何のフォローにもなっておらず、元気に答えるところがますます不安になるが、それ以上に真美子の関心は、彼が平然と掴まっているこの奇妙な生き物の存在であった。

「ね、ねえ。ところでこの子は……いったい、何なんの？」

「ハハハ、そういえば実物を見るのは初めてだったたっけぇ？　こいつはミーが地元で育ててるジャーキーさ！　ヘイ、マミに挨拶してヤリな！」

ボブの言葉に反応して、ジャーキーと呼ばれた昆虫はガパリと口を開き、黒板を引っ掻いたような耳障りな鳴き声を奏でて会釈する。

「えっ……ジャーキーって、この子だったの……？」

完全に牛だと思った真美子は、そのギャップに頭が完全に混乱していた。

(な、なんつーもんをアンタは育ててんのよ!?　何？　アメリカではそれが普通なの!?)

「そ、そうなの？　よ、よくわかんないけど、よ、よろしくね？」

とりあえず、友好の印とばかりに手を降ってみせるが、眼光の鋭さに思わず息を呑む。

「あ、あのさ……とりあえず、そろそろ降ろしてくれない？」

「もちろん、降ろすヨ。でも、マミ、その前にテイキット」

そう言って彼が取り出したのは、琥珀色の液体が入った小瓶だった。

「な、何なのよそれ？」

「心配ないヨ！　軽いドリンクだから！　ほらほら、グイグイ一気に呑んで呑んで！」

「むごぁっ!?」

有無も言わせず真美子の口に瓶を突っ込み、一気に中身を流し込む。

強烈な甘い香りを放つアルコールが喉を通過し、強烈な熱量が身体の隅々まで駆け抜ける。

「ちょ、ちょっとぉおっ！　何飲ませてるのぉ～！」

「ハハハ！　マミィ、ベロベロになったネー！」

空になった瓶を投げ捨て、ボブは彼女を軽々と抱えたままジャーキーの背に回り込んだ。

「ちょ、ちょっとぉお！　私、あんたに訊きたいこと、いっぱいあってぇっ!!」

だが、何から質問すればいいのやら思いつかない。

まともな状態ならその判断もできたが、考えれば考えるほど、酔いが回っていく。

「うぷっ、気持ち悪い……」

揺れの激しいジャーキーの上というのも要因だろう。こみ上げる吐き気で質問する気力も失い、彼女はただ転落しないようボブにしがみつく。

とにかく、今は安全な場所に着陸するまで下手な事はしないでおこう。

（あ、でも……火照った身体にこの風は……気持ちいいかも……）

そう思った次の瞬間、真美子の意識は完全に途切れていた。

意識を失ってから、果たしてどれだけの時間が経過したのか。

まだぼんやりとして思考がまとまらない真美子は、突如鳴り響いた目覚ましの音に驚いて飛び起きた。

「ひぎゃぁあああぁっ!?」

上半身を起こした途端、彼女は吐き気と頭痛に襲われてベッドから転がり落ちる。

「おう、やっと起きやがったかこの酔っぱらい」

呆れた様子で声をかけるポン吉に、彼女は床に這いつくばって弱々しい声を漏らした。

「ポン吉ぃ、目覚まし……目覚まし止めてよぉ」

「止めてください、だろうが。この酔っ払いめ」

悪態をつきながら床を踏みならした途端、けたたましい目覚ましが一斉に停止した。

「それで？　昨日はどこで呑んだくれてたんだ？」

「呑んだくれるって……呑んでないわよぉ……」

「うそつけ、昨日、あんだけ酒くっせぇ匂いさせて帰ってきたのは、どこの誰だ？　途中で電話してきたかと思ったら、空を翔んでるとかなんとか、随分とご機嫌だったみたいだなぁ？」

ねちねちと嫌味ったらしく問いかけるポン吉に、真美子は痛みの収まらない頭を手で押さえながら水を求めて台所へと移動する。

「なにがご機嫌よ。頭割れそうなくらいガンガンして死にそうだってーの……もしかしたら、本当にこのまま死ぬかも」

コップで水を飲み干して、少しは頭痛が和らいだが、完治まではしばらくかかりそうだ。

「はっ、二日酔いで死んでたまるかよ」

「二日酔いに近いけど、これはただの二日酔いじゃないのよ」

「は？　どういう意味だよ？」

信じてもらえるとは思えないが、真美子は昨夜の出来事を説明し始めた。

結局、ポン吉の忠告を無視して首を突っ込んだ事。闇の中で見た謎の存在。そして見たこともない巨大な鳥に誘拐されて空を舞った一部始終……。

語れば語るほどポン吉の視線は不審者を見るそれになり、当の彼女も、この現実離れした出来事の連続に、あれが果たして現実だったのかどうかと自信がぐらつく。

「おめぇ、酔っ払って夢見たんじゃねえのか？」

「ゆ、夢じゃないわよ。本当に、現実に起こったことで……」

「そういうなら、証拠見せてみろよ」

「しょ、証拠……そうだ、証拠！　証拠ならスマホにばっちりあるわよ！」

そう、昨夜の出来事は、全て自分のスマホに記録している。写真と映像という動かぬ証拠を突きつければ、いくらポン吉でも信じざるを得ないだろう。

「おい、何を探してるんだ？」

「スマホよスマホ！　昨日の一部始終を、ビデオで撮ってのたよ。それならアンタだって認めざるを得ないでしょ？」

「マジかよ……へぇ、そりゃ楽しみだな」

相変わらず信じていないポン吉を背に、真美子は上着のポケットから電源の切れたスマホを取り出すと、壊れていない事を祈りながら起動ボタンを長押しし続ける。

（そういえば、村山さんは無事に逃げ切ったのかな？）

深い闇の向こうから脚を引っ張られたまでは目撃したが、それからどうなったのか。

「それで、証拠は？　どんな証拠をこのオレ様に突きつけてくれるっていうんだ？」

「ふふふ、見てなさいよ？　あれを観たら、さすがのアンタでも……」

問題なく起動したスマホを操作し、昨夜の映像を再生しようとしたのだが……保存している映像も写真も全て存在しなかった。

「え？　ちょ、ちょっと待ってよ。どういうこと？」

「おい、どうしたんだ？」

「昨日撮ったはずの写真も動画も全部……消えてる！」

「おいおい、消えてるってなんだよ」

いくら必死に探しても、昨日の証拠は一枚も……いや、消えていたのはそれだけではない。村山やボブ達の連絡先、居酒屋で撮った写真や映像、さらには通話記録に至るまで、根こそぎ消去されていたのだ。

「おめぇ、そういう機械とか苦手だもんなぁ。うっかり消しちまったんじゃねえのか？」

「そんな事するわけないでしょ！　あんな重要な証拠……ポン吉。昨日の私、どうやって家に帰ってきたの？」

「どうやってって……お前の友達とかいう、でっけぇ兄ちゃんの肩を借りてたぞ」

「……ボブ!?　やっぱり夢じゃなかったんだ……！」

となれば、証拠隠滅をしたのは……ボブなのだろうか。

「こうなったら、直接乗り込んで証拠を引きずり出すしかないわね」

「おい、直接って一体どうするつもりなんだ？　馬鹿な事を考えてるんじゃないだろうな？」

「決まってるでしょ。こうなったら、直接当人に問い詰めてやるわ！」

ポン吉が止めるのも無視して、真美子はよれよれの服のまま部屋を飛び出して行く。

昼前の閑散(かんさん)とした通りを駆け抜け、『居酒屋くーちゃん』の前へとやってきた彼女は、準備中の札が出ているのも無視して店内へと足を踏み入れた。

「なんだ!!　殴り込みか!?」

仕込みの真っ最中だった陣徳は、驚いた様子で真美子を凝視する。

「動くな！　ネタはもう上がってるのよ！」

「ネタだって？　いったい何のことだ」

「とぼけんじゃないわよ！　アンタが夜な夜なボブと一緒にやってた密輸のネタよ！」

スマホを彼に突きつけ、さらに強気に畳み掛ける。

「このスマホに、全部録画してるんだから、もう逃げられないわよ！」

「逃げられないも何も……お嬢さん、頭は大丈夫かい？　どこの病院から逃げて来たんだい？」

怪訝（けげん）な表情を浮かべ、随分と優しげな口調で問いかける陣徳。だが、手にしていた包丁の切っ先は、彼女に向け続けていた。

何かあれば迷いなく刺す。そんな意思表示しつつ、彼はさらに問いかける。

「なんのつもりか分からないけれど。ここに、お嬢さんが求めてるようなもんは何もないぞ？　密輸？　なんだいそれは？　大体、そのボブって奴は誰なんだ？」

「誰だって……アンタがいっつも給料を刺身にしてた弟子でしょう!?」

「ちょっとちょっと待ってくれ！　俺は弟子なんてとってないし、この店もずっと一人で切り盛りしてる店だぞ？」

「はぁ!?　あれだけ私達を安い給料でコキ使っておきながら、何言ってんのよ!?　いいわよ、そんなにシラをきるなら、実力行使してやろうじゃない!!」

　これ以上の交渉は無駄だと判断し、カウンターを回って厨房に入り込む真美子。それを見た陣徳は、目を丸くして彼女の腕を掴む。

「おい！　なに勝手に人の厨房に入ってきてんだ!?」

「そこの冷蔵庫に溜め込んでるのは分かってるんだから！　離しなさいよ！」

「なに訳のわかんねえ事を言ってんだ！　いい加減にしないと、警察を呼ぶぞ！」

「ええ呼びなさいよ！　でもその時は、アンタも一緒に道連れにしてやるんだから!!」

　彼の腕を振り払い、目的の冷蔵庫の取手を掴む。

　データは消せても、この中に隠した大量の証拠品を突きつければ陣徳も観念するはず。

　勝利を確信し、扉を開いた真美子だったが……。

「あれ？」

　なかった。あれほど大量に、すし詰め状態だった刺身が綺麗さっぱりになくなっていた。

「なら、こっちか!!」

　今度は隣の冷蔵庫を乱暴に開くも、そこにもない。

「こら！　開きっぱなしで行くんじゃない！　せっかく仕込んだ具材が駄目になるだろう！」

　彼が怒鳴るのも無視して、次々と冷蔵庫を開くが、どこにも刺身は存在しなかった。

「分かった隠したんでしょ!?　あれだけ大量の刺身を隠せる場所なんて、そうはないはずよ！　どこ!?　どこに隠したのよ!?」

「いい加減にしろ!!」

まな板に深々と包丁を突き立て、顔を真っ赤にしながら睨みつける陣徳。

だが、怒られることなど日常茶飯事だった真美子にとって、怖くもなんともない。

「大体、君は一体誰なんだ!?」

「誰って……アンタがバイトで雇ってる永田真美子でしょうが！」

「永田真美子、だって……？　おいおい、冗談だろう？　何を勝手に人の店のバイト名乗ってんだ。悪いが俺は君を雇った覚えはない！」

とうとう我慢の限界に達した彼は、引こうとしない真美子に向かって塩を投げつけた。

「帰れ！　今すぐに！　この調理場から！　俺の店からとっとと出ていけぇっっ!!」

「ちょっと！　塩振りかけないでよ！　しょっぱ!!　ちょ、ちょっとぉっ！」

こちらの訴えに聞く耳を持たず、何度も塩を投げつける陣徳に、真美子は逃げるように店を飛び出すのであった。


「何が一体、どうなってるのよ？」

頭から塩をぱらつかせ、真美子は『居酒屋くーちゃん』の前で呆然と立ち尽くしていた。

スマホの証拠は失われ、店内に保管していたはずの刺身もない。陣徳は自分の事をまるで覚えていないと他人扱い。

「夢……？　まさか、私、ずっと夢見てたとか……？」

　こうなると、唯一脳内に残っていた自分の記憶すらも怪しく思えてくる。

　もしも本当に夢ならば……陣徳があぁ言うふうに罵ったのも納得できるが、真美子には一つだけ、これまでの出来事が夢ではないと確信出来る証拠が残っているのだ。

「そう、この履歴は……ガチャの履歴だけは……消えてないんだよね」

　村山から前金として受け取った十万を注ぎ込んだガチャ。

　スマホ内のデータは消去出来ても、これだけは消せなかったらしい。

　このデータが残っている以上、あの出来事を夢だったと言い切ることはできないのだ。

「おーい、真美子。そろそろ思い出を振り返るのやめて、オレ様の方向けや」

「あっ、ごめんポン吉……って、ちょっとアンタ！　その手に持ってるのって!?」

「あ？　何って、おめぇが探してた証拠ってやつじゃねえのか？」

　そう、彼が両手で抱えているのは、真美子が探し求めていた刺身だった。

「お前が飛び出して行ってすぐ、昨日のでっかい兄ちゃんが来てよ」

「ボブが!?　ちょっと、なんで電話してくれなかったのよ!?」

「人の電話を着拒してたのは、どこの誰だ？」

「うっ……そ、そういえばそうだったわね……ごめん」

「本当だぜまったく……ほれ、それよりも、おめぇこれを探してんだろ？」

そう言って、真美子に刺身を差し出すポン吉。

「やっぱり夢じゃなかったんだ……それで、ボブはどうしたの？」

「あー……なんか、地元に戻るってよ」

「え？　地元って……アメリカ!?　ちょっと！　なんで捕まえてくれなかったのよ!?」

「無茶言うなよ!?　なんか、もう日本での技術は習得し終えたから、あとは現地での実践あるのみだとか言ってたぜ？」

たしかに、将来は自分の地元で店を開きたいと言っていたのは覚えているが……。

「冗談じゃないわよ！　まだ謎が大量に残ったままじゃない！　あの村山はどこに行ったの!?　それに陣徳が私達の事をすっかり忘れてるのとか、化け物みたいな鳥とか、訳がわからない事だらけなんだけど!?」

「オレ様が知るかよ。でも、ボブ曰く、自分の存在を周囲に残すわけにはいかないから、陣徳の記憶は消したとか言ってたぜ？」

「はぁっ!?　なんで私の記憶も消していかないの!?　すんごく中途半端じゃない！」

「いやいや、自分の記憶が消されてもいいのかよ？　なんでも、お前の記憶まで消さなかったのは、この刺身を試食してもらう為なんだとさ」

「え？　刺身を試食？」

どういう意味かと首を傾げながら、真美子は刺身を覗き込む。

「あっ……これは……」

断面を見た瞬間、真美子はハッとする。そう、この切り方は、陣徳とほぼ同じだった。

「なんか、おめえが一番失敗作を食べ続けてきたから？　自分がちゃんと技術を習得できたかどうかを、その舌でしっかりと確かめて欲しいんだってよ」

「……私の舌で、ねぇ？」

昨夜の一件があっただけに、食すのをためらう真美子。

そう、この刺身の正体を、まだ彼女は知らない。だがあの化け物を見た今から想像するに、それと同等、もしくは同類の何か、なのではないだろうか。

「ポン吉。これさ……食べて安全だと思う？」

「今更何を言ってんだオメェ……ずーっとうめぇうめぇって食べ続けてただろ」

「うぐ、そ、それは正体を知る前だったからであって……いや、今もこの刺身の正体が何なのか分かんないけどさぁ……やっぱり、その、躊躇するでしょ？」

「はっ、何言ってんだ。もうあれだけ食ったんだから、今更一皿分喰ったところで手遅れだっつーの。ほら、喰ってやれよ」

「アンタねぇ、自分に関係ないからって……分かったよわ。食べるわよ」

不安はあれども、少しだけ真美子の胸は高鳴っていた。

そう、店から消失したということは、証拠が消えたと同時に、もうこの刺身を食べることができないという事を意味していた。

（これが本当に最後なのかも……）

相変わらず食欲をそそる色艶と脂がのった身が、彼女の食欲を強烈に掻き立てる。。

食べたい。この美味しい刺身を食べたい。沸き上がる欲望に突き動かされるように、彼女の指先が刺身に伸びる。

「そ、それじゃあ……いただきます」

不安を抱きながらも、湧き上がる食欲に後押しされながら、真美子は刺身を指で摘む。

指先に伝わるひんやりと柔らかで、自分の指の熱だけで火が通ってしまうんじゃないかと心配になる繊細な身の感触。

その全てを記憶に刻むように、ゆっくりと頬張った。

「で、どうだ？　合格か？　おい、どうなんだ真美子？」

「これは……その……」

噛みしめるたびに、身から旨味が染み出してくる。

失敗した刺身でも十二分に美味しかったが、今こうして口にしているのはそれ以上だ。

だからこそ、真美子はボブが去るのも仕方ないと理解出来た。

そう、彼はもう立派な職人だ。

きっとこれからは、会得した技術を活用して、地元で活躍することだろう……需要があるかどうかは分からないが。

「おいこら真美子、味の方はどうなんだ?」

「黙っててポン吉。今、私は二度と味わえないこの味を噛みしめてるんだから」

そう言って、彼女は最後の一切れを名残惜しみながら頬張る。

最後まで刺身の正体は不明のままであったが、史上最高の味を堪能している今の真美子にとって、そんな事はどうでもいい事なのであった。

魔法少女あおい

山本幸幸

一

「羽嶋(はねしま)さん、お待たせしました」

カウンターから、若い男性店員が葵(あおい)の名を呼ぶ。

その時、羽嶋葵は携帯ショップにいた。

待合のソファから立ち上がり、葵が自分を呼んだ店員の前に座ると、店員は状況の説明を始める。

「こちらでは大体の場所しかわからないんですよ。この住所、地図でいうとこの辺りです。この半径三百メートルの中ということになりますね」

新入社員の匂いがまだ抜けきらない若い男性店員は、親切に住所を書いた紙に地図までプリントアウトして渡してくれる。自分より更に歳下の高校生の失くしものに、心底同情してくれている様子だ。

「近くまで行って鳴らしたら、かかりますか？　電話したら、ちゃんと着信音は聞こえるから……」

失くしたスマートフォンにまだ発見の望みを捨て切れず、葵が言うと、

「それがね、残念ながらバッテリーは切れてます。なので音は鳴らないと思いますよ」店員は申し訳なさそうに言った。

「いいじゃない。行って探してみようよ」

いつの間にか後ろで話を聞いていた、親友の二宮希美が肩を叩く。

「うん……」

「もし必要だったら代わりのスマートフォンも出せるので、お家の方と相談してみてください。ご家族でサポート契約にご加入いただいてますから」


重い足で葵達はショップを後にした。

どんよりした表情の葵とは対照的に、力を落とす親友を元気づけようと、長い三つ編みを揺らしながら前を歩く希美は、普段より幾分明るい。

「大丈夫だって。絶対見つかるよ」

葵を慰める希美の、眼鏡の奥の瞳が優しい。

希美とは中学に入ってから知り合った。同じ美術部員、のんびり屋でマイペースの葵と、優等生でしっかり者の希美は、出会った時から親友だった。世にソウルメイトという言葉があるが、互いに生まれる前から探していた魂の片割れを、まるでこの世で見つけたような、そんな

感動があった。

県内でも数少ない美術科を志望し、高校に進んだ二人は、今も中学の時と変わらぬ親友であり、互いになくてはならない存在だ。

「ごめんね、こんな大事な時に。つまらないことに付き合わせちゃって」

「全然。いいの、いいのー。大切な葵ちゃんのためだよー。絵なんか描いてる場合じゃないって。それに私なんかより葵ちゃんの方が断然才能あるんだし。我が令星高美術部のためにも、是非今年も頑張って入賞していただかないと」

そうなのだ。高二になってすぐの四月、美術部員の二人は、近々開かれる毎年恒例の市のコンクールに出品するべく、今年も作品を描いている途中なのである。

例年なら半分以上終わっているはずなのに、昨年佳作に選ばれたプレッシャーからなのか、今年に限って葵の筆は遅れていた。なんとなく題材がしっくりこない。

そんな親友の焦り(あせ)を心配した希美が、気晴らしに日曜日、映画に誘ってくれたのだ。帰りにタピオカ屋でミルクティーを買い、商店街でウインドウショッピングを楽しみ、何かいい題材はないかと桜の残る公園に立ち寄り、入賞祈願に神社にお参りと充実した一日を過ごした後、家に戻ると大事なスマホを失くしたことに葵は気付いたのだった。

店員から手渡された住所を辿(たど)ると、どうやらあの日、最後に立ち寄った神社の近くで落としたか、どこかに置き忘れたかしたようだ。

希美のスマートフォンのGPS機能を頼りに、二人は携帯ショップで調べてもらった葵のそれがあると思われる近くまで、再び足を運ぶ。

その時点で時刻は午後五時。市内でも比較的大きな神社だが、境内に参拝客の姿は既にない。

二人は急ぎ、ありそうな場所を手分けして探したが、結局見つけることはできなかった。


帰り途、気落ちする葵を慰めようとしてか、希美は少し感情的だった。

「……神様ってさ、ずるいよね。こっちがこんなに困ってるんだから、落とし物ぐらいパッと返してくれたらいいのに」

「ほんとにごめんね。あたしがボケっとしてたばっかりに……」

誘い出してもらった挙句、失くしもの探しにまで希美を付き合わせる羽目になって、葵は申し訳ない気持ちでいっぱいだ。

「いいって、いいって。……それに前から思ってたけど、神社ってやっぱおかしいよ。神様って世界共通なはずなのに、日本の神様って日本だけじゃん。絶対変だよ」

自分の失くしものが原因で神様にまで暴言を吐く希美に、葵はかける言葉がない。やれ他所の国ではどうの、他の宗派ならこうの、読書家で博識な希美を前にすると、本も読まず、勉強嫌いの葵などに全く反論の余地はなかった。加えて葵が思うに、どうも希美はオカルト的なことに非常に関心があるらしく、毎回この手の話になると、とめどがなくなる。

早く終わらないかな……。

実をいうと、葵はこういう人が感情を露わにするシチュエーション、特に他者に対して怒りや憎しみなどの気持ちを剥き出しにする場面が苦手だった。のんびり屋の葵は幼い頃、周囲の友人が自分に対して漏らす誹謗や中傷の言葉に耐え切れず、一度心に蓋をした辛い経験がある。人一倍感受性の強かった葵は、以来そういったマイナスの感情は自分の中から一切捨てることにした。他者を不快にするいかなる言葉も、決して自分からは発せず、また同調することもしない。自分が傷つくことはあっても、決して人は傷つけない。そうすることを自分自身に課したのだった。今ではそれが自然にできるようになったのだが、お陰で人間らしい感情を一部失ってしまったようにも思っていた。

そういった物事の考え方、感情表現の点においては、葵と希美は実に対称的といえる。

希美はその後も何かぶつぶつ呟いていたが、

「……まあ、ここの神様が当てにならなくても、葵ちゃんが特別なのは変わらないよ。また明日も探しに来よ」

最後にはにこりといつもの笑顔を見せてくれたので、葵は礼を言い、その日は気持ちよく別れることができたのだった。

二

再度の捜索を提案してくれた希美には悪いが、葵はこれ以上探しても見つかりそうにないと、実は内心諦(あきら)めていた。確かにスマホは大切には違いなかったが、いざという時のためにバックアップはクラウドに保存してある。失うとしたら、日曜日のものを含め、直近で撮り貯めた写真のデータくらいだ。

そういう意味で、意外と損失は少ないといえる。なので諦める決心がつくのも早かった。それにそういう時に限って例の力が働くことを、葵は経験上知っていたのである。

葵は、その日は早くベッドに入った。昼間の疲れからか、数分も経たずして深い眠りに落ちていく――。

翌朝、いつものように朝食を食べに葵がキッチンに顔を出すと、

「ケータイ、ここに置きっ放しよ」母が言った。

「あ」

葵はテーブルの上に置かれた、昨日どれだけ探しても見つからなかった自分の携帯電話を手に取る。それは、つい今しがたまで屋外にでもあったかのように、まだ完全に乾き切っていない泥で汚れていた。

やっぱり戻ってきた……。

葵は何事もなかったように画面に付いた泥を拭き、電源が入るか確かめる。昨日ショップの店員が言った通り、既にバッテリーは空らしく、その日は持ち出すのを諦めた。家で充電しておくことにして、そのまま学校へ行く。

教室に入るなり、希美が駆け寄って来る。

「おはよう。昨日は大変だったね。今日も授業終わったら行く？」

「それがね、希美ちゃん……」

葵が言いかけると、

「出てきたんでしょ？」

「……うん」

希美は別段驚いた風でもなく、さも当然とうんうん頷く。

「やっぱりねー、そんな気がしたんだよねー。――で、どこにあったの？」

「台所のテーブルの上。朝起きたらお母さんに言われた」

「へぇー、すごいすごーい。便利よねー。私もそんな力が欲しいなあー」

「そんな、全然すごくないよ。戻ってきてほしいと思ってたら、全然見つからないもん。いつも、もう要らないって諦めないと出てこないんだよ」

昔から、身の回りで何かものを落としたり失くしたりしても、それが大事なものだった場合、何故か手元に戻ってくるという不思議な力が葵にはあった。幸運にも出てきたとか、偶然にも見つかったとか、葵の場合はそういう普通のとは少し違う。自身が何かして見つかるのではなく、失くしたものの方が自分から帰ってくるというのが正しい。

定期入れやアクセサリー、文房具など、帰り方は様々で、今朝のようにいつの間にか近くに戻っていることが多いが、時にはポケットから出てきたり、愛用の自転車のカゴに載っていたり。

ある時などは、家でテレビを見ていたら、背後でカターンと音がして、まるで天井から降ってきたように帰ってきたこともあった。

葵のこの不思議な力は、時に周囲の人にも及ぶことがある。周りで誰かが困っていると、相手との親密さには関係なく、力が働くことがあるのだ。

以前修学旅行の際、生徒の一人が旅行先で財布を落としてしまい、困っていたことがあった。探しても見つからず、諦めてホテルに戻ってその生徒の部屋に一緒に行くと、何故かその生徒の部屋の椅子の上に、失くしたはずの財布が置かれてあった。これには終日行動を共にしていた希美も大いに驚き、以後葵の不思議な力を誰より信じて疑わなくなった。

昨日のスマホの場合でいうと、昨夕、携帯ショップを訪れた際に、家から二駅離れた神社の近く、携帯電話の基地局から半径三百メートル以内で、最後の反応が確認されたことがわかった。順当に考えるなら、その近くで落としたか置き忘れたかした訳である。バッテリーのある間、他から何度も電話をしているから、日曜夜から二日間、家中探しまくる間ずっと、台所に置きっ放しにしたなどあり得なかった。現に電話は泥で濡れていて、直前まで屋外にあったことは間違いない。

希美の言うように考えようによっては非常に便利な能力なのだが、思い通りに働かないのが難点だった。本人である葵の意思とは無関係、というよりむしろ逆に働くことの方が多い。どうしても取り戻したいと思ううちは決して戻らず、心の中で諦めてしまうと不思議と帰ってくるのだ。今回も、まさにそうだった。

「……ほんと、いいよねー、葵ちゃんは。絵の才能もあるし、不思議な力は持ってるし、なんか選ばれた存在って感じで。私も早く……」

「?」

その後の希美の呟きは、よく聞き取ることができなかった。

葵はその日下校すると、充電が終わったスマートフォンに電源が入るかどうか早速確かめた。問題なく起動できたので、心配してくれた希美に、メールでそのことを報告する。

完全に失くす以前の状態で戻ってきたと信じていた葵には、実はその時、スマートフォンの内蔵カメラが、密かに持ち主である彼女の顔を、じっと捉えていたことなど気付きようもなかった。

三

そこは深い霧の中だった。

周囲に何も見えない、白い静寂(せいじゃく)に包まれた世界を、葵はいつからか一人で彷徨(さまよ)い歩いている。

どちらに進んでいいかわからず、ただ思いつくまま、気の向くままに足を進めた。

一体自分はどこに行きたかったんだろう？　思い出そうとしても答は見つからない。

突然足下の地面が消えた。

そのままずぶずぶと果てしなく落ちていく。

今度は海の中だった。暗い水の中を、どこまでもどこまでも落ちていく。

不思議と息苦しくはなかった。

どんどん深く沈んでいくと、次第に周囲が明るくなる。

水中に小さな光の粒が幾つも浮かんでいるのが見える。最初は少数だったが、下に行くにしたがって光の粒は大きさと数を増していき、いつしか葵の身体は、沢山の光に照らし出されて輝いていた。

落下しながら葵が光の源を見極（みきわ）めようと目をこらすと、水の中を泳ぐ大量の明りは、光そのものだった。丸や流線形、三角に六角形など、光は次々に形を変えながら、葵の周りを移動していく。中に、もっと大きい人の形に似たものがあることに、葵は気付いた。

あ。

葵は声にならない声をあげる。

すぐ近くを、人型の光の一つが通り過ぎる。近くで見ると頭に当たる部分には、目のような丸い二つの膨らみがあった。下方に進むにつれ、光る人型の群れは水の中を所狭しと行き交うようになる。

ほどなく落下は止まり、葵は海底に辿（たど）り着いた。

自分が落ちてきた方向、海の上の方を見上げると、そこには神秘的な光景が広がっていた。天然の岩礁（がんしょう）に混じって、半分透明で、見たこともない不思議な材質の人工的な建物が、あるものは海底に立ち、あるものは海中に浮いて、巨大な海底都市を形成していたのである。

葵が我を忘れて都市の街並みに見入っていると、やがて天高く、海面の方から巨大な影が降りてくるのが見えた。

巨大な影は、葵達のすぐ近くまで降下し、光の群れの中を悠々と泳ぎ出す。影の正体に葵は心を奪われた。

きれい。

葵が口を開けた途端、ゴボゴボと空気が外へ漏れ出して、急に息苦しくなった。慌てて浮上しようともがくが、海面までは相当の距離があって、到底間に合いそうにない。

窒息しそうになって、もうダメだと諦めた時、葵は自分がベッドの上にいることに気付いた。

小さい頃からの習慣で枕元に置いてあるスケッチブックに、今夢の中で見たばかりの光景を描き出そうとして手を伸ばす。その時何故か、隣に置いてあるスマホの画面が光っていたのを少し変に思ったが、すぐに忘れた。

それから夢中になってペンを走らせた。いつの間にか夜が明けていたが、葵はそれさえ気付かず、夢で見た幻想的な光景を次々と絵に起こしていった。


「……羽嶋、おい、羽嶋。起きろ」

肘をそっとつつかれた感触がして、葵は目を覚ます。

「う……ん……」

目をこすり、大欠伸(おおあくび)しながら葵は声の主を見た。

「あ……神坂(こうさか)君、おはよう」

「おはようじゃねーよ」

教室中が笑いの渦に包まれる。続いて先生の声。

「……羽嶋君。気持ちよくお休みのところ申し訳ないが、この問題、前へ出て解いてくれるかね？」

「えっ？　あ、はい――」

葵はびくんと弾かれたように立ち上がった。その慌てぶりが可笑しくて、更に周囲に笑いが起こる。

結果は惨憺（さんたん）たるものだった。

元々数字にはめっぽう弱い方である。みんなの前で散々赤恥をかいた後、数学の先生にはしこたまお小言を言われてしまった。

休み時間、長身の男子生徒が苦笑いで葵を見下ろす。

「……ったく、朝っぱらから居眠りなんかしてるから、そうなるんだよ」

「ごめん……。でも起こしてくれてありがと」

「どうせまた夜中に絵でも描いてたんだろ？」

「その通り。よくわかったね？」

「お前が単純なだけだよ」

爽（さわ）やかな笑顔を残し、神坂は教室を出て行った。

神坂が去るのを待っていたように、今度は希美が葵のところへやって来る。

「ねえねえ、神坂君と何話してたの？　いいなあいいなあ、葵ちゃんは。神坂君と仲がよくて」

「別に仲がいい訳じゃないよ。昔から知り合いなだけで」

葵とさっきの授業で隣の席にいた神坂は、葵が希美と知り合う以前、幼稚園の頃からの付き合いだ。美術科専攻の葵とは違い、神坂はスポーツ科専攻だが、偶然同じ高校に進学したら、合同で授業を受けることがあった。同じ理由で他には音楽科専攻の生徒もいる。

「それでもいいじゃん、あんなイケメンと知り合いなんて、やっぱ葵ちゃんてラッキーだよ！」

「……そうかなあ？　あいつ、昔はあたしよりチビだったから、今でもそのイメージしかないけど」

葵の言う通り神坂は、小柄な葵より昔は更に背が低かった。チョロチョロとすばしっこかったのは覚えているが、中学でバスケ部に所属してから急に背が伸び始め、クラスの中で一、二を争うほどの高さになった。今のスポーツ専攻クラスの中ではさすがにそうでもないが、それでも身長は高い方で、全体的にひょろっとしている。

顔の作りはそれほどでもないと葵は思うが、柔和（にゅうわ）な雰囲気からか、女生徒の中では彼をイケメンと評する向きもあるのを葵は知っていた。どうやら希美もその一人だったらしい。親友の羨望（せんぼう）の眼差（まなざ）しから逃れたくて、葵は半ば無理矢理に話題を変えた。

「……それよりもさあ、希美ちゃん。あたし、やっと題材が決まったんだよ」

「えっ、そうなんだ？　よかったね、コンクールに間に合いそうだね」

思った通り、希美は葵の吉報を喜んでくれた。

「うん、遅れた分、取り戻さなくちゃ」

四

二週間後。

「できた!!」

満面の笑みを浮かべて、葵は筆を置く。

完成したのは摩訶不思議（まかふしぎ）な絵だった。先の夢を基に、持ち前の想像力を膨らませて描いたものである。

画用紙の下の方に大小色とりどりの光の玉。その玉を覆うように左右に近未来的な建物が、あるものは地面に、あるものは宙に浮いて、構図の奥の方まで幻想的な街並みが広がっている。総て海の中の世界だった。

そしてその作品の中でも特に目を引くよう、他に比較して最も大きく、街並みの空に当たる部分に雲のように描かれていたのは、巨大な鯨に似た生物だった。その鯨に似た生物は、首から下は全く鯨そのものなのだが、頭部に当たる部分だけが白く、骨のような、石のような、或いは金属のような、角張った形をしていた。撞木鮫（シュモクザメ）の頭が十字に交差したような形といえば、わかり易いかもしれない。頭と首の接合部分からは何十本もの触手のような細い管が伸び、額や側面のあちこちに電子部品のように小さな目が複数光っている。地球上の生物でないことは明白で、同じく描かれていた街並みにも、それはいえた。

　描いた当の本人でさえ、そこに描かれたのが何なのか、全く見当もつかないものだったが、葵は完成したこの奇妙な絵画を、我ながらとてもよくできたと思った。見る者によっては、不可思議を通り越して、ある種不気味にさえ映りかねない作品だったものの、もはや葵にとってそんなことはどうでもよく、ここ数ヶ月間の苦悩から解放された喜びで胸はいっぱいだった。


　翌朝、すっきりした表情をして葵が学校に行くと、早速それに気付いた希美がにこやかに話しかけてくる。

「葵ちゃん、コンクールの絵、描けたんだね？」

「うん、なんとか。ギリギリ間に合ったたって感じで」

「えー、私まだ描けてないのにー。いいなぁ、葵ちゃんは筆が早くて。ねえ、出す前に一度見せてもらってもいい？」

「もちろん、構わないよ」

「わあー、ありがとう。私も葵ちゃんの絵見て、最後の追い込み頑張んなくちゃ」

　二人は互いの作品を見せ合う約束をし、次の休みに希美が葵の家に見に来ることになった。

当日、葵は朝からそわそわして落ち着かない気分だった。

完成したばかりの作品のタイトルで悩んでいたのである。候補として【天の水平線】と考えたのであるが、どこか変じゃないか。作品そのものには絶対の自信があったし、タイトルで悩むなんてつまらないとは知りつつも、それでも審査員の目に止まるような、斬新(ざんしん)で独創的な名前をつけたいと思っていた。

物知りの希美ちゃんの意見もきいてみよう。

そんなことを思いながら、葵は親友の到着を待っていた。

昼になって希美がやって来る。挨拶もそこそこに、葵は希美を自室に招き、自信作【天の水平線】(仮)を披露した。

希美の絶賛を信じて疑わなかった葵だが、予想に反して希美はなかなか感想を口にしようとしない。それどころか段々と表情は曇っていき、長い沈黙の後に発せられたのは、当初の葵の期待とは真逆の言葉だった。

「ひどい。何よ、これ——」

希美は信じられないという風に首を振る。

「——あり得ない、こんなのってあり得ないよ! よりによってこんな……」

顔面は蒼白となり、取り乱した様子で声は震えていた。

「ど……どうしたの、希美ちゃん……」

「どうしたもこうしたもない！　知っててやったんでしょ?!　私への当てつけのつもり??」

今まで目にしたことのない希美の急変ぶりに、葵は背筋が寒くなった。

「えっと、何を言ってるのか、あたしには……」

希美は葵を睨みつけると最後に叫んだ。

「これは冒瀆だわ！　そうよ、冒瀆よ！　報いを受けるがいい、報いを受ければいいんだわ!!」

そう言い捨てると、その場から走り去ってしまった。


葵は茫然自失の状態で部屋に取り残される。

希美が何に怒ったのか、葵には全く理解できなかった。

どうしようと途方にくれたのも束の間、更に理解不能な謎の事態が続いて起こった。

『……君の友人は、どうやらこの絵の主を知っていたようだな』

どこからともなく葵の部屋に、知らない男の声が響いたのである。自分しかいないはずの部屋の中を、葵はきょろきょろ見回した。

『ここだ』

声はスマートフォンから聞こえてくるようだった。葵は恐る恐る手に取る。

「……もしもし？」

知らない間に誰かから、電話がかかってきたのかと思った葵は、通話先を確かめた。画面を表示させるが、そこに通話の形跡はない。

「おかしいな……」葵が呟いた時、

『何もおかしくはないぞ。私はこの中だ』

仰天して電話を落としそうになる。

——嘘?!

信じられないことに声の主は、葵のスマホ自身だった。

五

『この機械を通じて、色々なことを学ばせてもらった。言葉は合っているはずだ』

「な……何がどうなってるんだか……」突然の成り行きに葵の頭は混乱する。それでもいくらか落ち着きを取り戻すと、

「あなた……ひょっとして、幽霊……さん？」

初対面なので、とりあえず〝さん〟付けで呼んでみる。

『【幽霊】？　……まあ、当たらずしも遠からず、だな』

葵が悲鳴をあげて今度こそ本当にスマホを手から落とすと『まあ、待ちたまえ。【幽霊】とはいっても、君の思っているこの星の【幽霊】とは違う。私は遠い星から来たのだ』

「……う……宇宙人の……幽霊……さん？」それでも〝さん〟付けはやめなかった。

声の主はオリオン座の方角、地球から光の速さでも六百年以上かかる、遠い宇宙の彼方からやって来たのだと言った。

続いて遠い星に暮らしていた自分達種族のこと。遥かな昔、旧神への叛逆者の手によって滅ぼされてしまったこと。今はエネルギーだけの存在となって、何万年も暗い宇宙を漂い続けていたことなどを語ってくれた。

相手の素性がわかると恐怖心は徐々に治まり、いつの間にか単純な葵は、声の主に対して同情的になっている。

「……それってなんか、可哀想」

『可哀想？』

「そう。だってそうじゃない？　あなただって生きてたら、まだ何かやりたいこともあったかもしれないのに」

『可哀想……そのようなことを言われたのは初めてだ。君達はそのように仲間を思うことがあるのだな』

声の主は感心した様子だった。

「――ねえ、あなた名前は？」

『【名前】とは何のことだ？』

「あなたのことをどう呼べばいいか、よ。名前がないと呼びにくくてイヤだもん」

『我々には互いを呼び合う慣習はない。我々は【大いなるべ・デル】――君が絵に描いた鯨に似た神――の一部であり、すべてが【べ・デル】なのだ』

「うーん、よくわかんないなぁ。でもこの鯨さんが、あなたたちの神様なのはわかったよ。でね、やっぱりあなたのこと呼びにくいのは面倒だから、名前を決めようと思うの。そうだなぁ。名前は、えーと……じゃあ阿部さんにしよう。阿部さん。今日からあなたは阿部さんね」

『【アベサン】？　それが私の名前なのか？』

「そう。あたしが阿部さんって呼んだら返事してね。いい？」

特に相手から返事はなかったが、葵は気にせず話し続ける。

「――それで、阿部さんはなんで、あたしのスマホに住んでるの」

『【住んでいる】という言葉の定義が不明だが、突然何かに引き寄せられたのだ。君達の言うところの【事象の地平線】の向こう側から、私はこの機械の中に引き寄せられた。先日君がこの機械を外で失くした時だ』

事象のなんとかという耳慣れない言葉の意味がよくわからなかったが、要するに気の遠くなるような（実際も）遠い宇宙から、一瞬でこの地球にやって来たことを言いたかったらしい。

『……亜空間が開いたか、もしくは次元か空間を捻じ曲げる力が働いたのか？　私にも理解不能だ。逆に私から訊きたい。君に何か心当たりはないか？』

葵はうーんと考え込み、唯一思い当たる節があるとすれば、昔から何故か失くしものが不思議と手元に戻ってくることがあると、色々な例を交えて阿部に話した。

『なるほど。君自身が【引き寄せの超能力】の力の持ち主であるのだな。それが特異点となり、プラスαの要素、つまり我々の大いなるべ・デルとこの世界の何かが、君の力を通じて超空間で引き合い、同一次元軸で繋がってしまったというところだろう。さっきの君の友人を見ていて、相手が何ものなのかも、おおよその見当がつく』

「希美ちゃんを？　それってどういうことなの？」

『君と、君の友人から発する波長は真逆――つまり体組織を構成する素粒子の振動パターンが……わからないならいい。要するに君と君の友人は、互いに相容れない存在だということだ。夢で見たように、君が我々の大いなるべ・デルに近しいとするなら、友人はその対極の存在に近しいことになる』

「対極の存在って……」

阿部は一呼吸おいてから、ゆっくりと先を続けた。

『我々を滅亡に追いやった存在であり、この世界における旧支配者。【邪神】とその眷属に、君の友人は仕えていると思われる』

葵には俄かに阿部の言葉が信じられなかった。

「それって何かの間違いじゃ……？　昔から希美ちゃんがオカルト好きなのは知ってるけど、まさか……」

『信じたくない気持ちは理解するが、多分間違いない。ベ・デルが私をこの宇宙へ寄越した真意は不明だが、もしその理由が君達への警告であるとするなら、おそらく近いうちに、この世界で何か大きな異変が起きるはずだ。そしてその時君の友人が、その異変に関与する可能性は、限りなく高いと思っていいだろう』

「そんな……」

阿部が導き出した結論に、葵は言葉を失った。


翌日もその翌日も、希美は学校を休んだ。

心配になった葵は、何度もメールや電話を希美の携帯電話にしたが、応答はなかった。

「どうしちゃったんだろう。阿部さんなら何かわかる？」

阿部の予言が当たることを危惧した葵は、つい先日知り合ったばかりの相方に尋ねる。

『さあ。君の友人のことはわからないが居場所くらいは――友人が持っている携帯電話の場所くらいなら調べることができる』

「えっ、そんなことができちゃうんだ？」

　元々実体のない阿部は、端末がどんな形であれネットワークに接続さえされていれば、その間を自由に移動することが可能らしい。

「じゃあ、あたしが番号を言うから、そのスマホの中に入って、今希美ちゃんがどこで何してるか、見て来ることもできる？」

『お安い御用だ』

　阿部はそう言って何処へともなく姿を消す——元々見えないので気配だけだが。

　数分経つと阿部は戻ってきて、葵の不安が的中したことを告げた。

『まずいことになったぞ。今、君の友人は、邪神を崇める者達と一緒にいる。どうやら今晩、何かの儀式が行われるようだ』

「えっ、そんなに早く?!　儀式ってどんな？」

『わからない。だがこの世界では多くの場合、邪神と交信するには何らかの媒介を必要とするらしい』

「バイカイって？」

『わかりやすく言えば生贄だ。君の友人は、今回その媒介役に選ばれた』

「……じゃ、じゃあ、希美ちゃんは殺されちゃうの??」

『詳細は不明だが、可能性は高いと言わざるを得ないだろう。儀式がどうやって行われるのか、古くから邪神との交信を記録してきた【ネクロノミコン】という書物がこの世界にはあるようだが、現在ネットワーク上から閲覧可能なものは、すべて検索できなくなっている』

「すぐに助けなきゃ！　阿部さんも力を貸して」

『それは構わないが……向こうは大勢だ。相手が邪神の眷属なら、普通の人間では歯が立たないぞ？　逆に君自身の命も危ない。それでも行くのか？　君にそんな力があるとは思えないが』

阿部は反対しない代わりに賛成もしなかった。

「うん、それでも……。あたしには力もないし弱虫だし、できれば争いなんかしたくない。でも希美ちゃんのためだったら何でもする。親友ってそういうものだと思うから」

だが阿部は慎重に言葉を選んだ。

『……彼女自身もそうなのか？　本当に君のことを親友だと思っているのか？　もしそうではなかったとしたら、君の行為は無駄になる。そこまでする価値はないかもしれないぞ』

「そうかもしれない……そうかもしれないけど、あたしは……」

葵は言葉に詰まり、唇を噛む。しかし瞳の中に、珍しく激しい感情の灯りがともり始めたのを阿部は見逃さなかった。

『珍しいな。君がそこまで感情を露わにするとは』

「こういうの、あたしも本当は好きじゃない。昔いろいろあって、怒ったり、泣いたり、マイナスの気持ちを外に出すのはやめようって思ったの。でも自分自身に対しては、そんなことできないじゃない？　あたしは今、あたし自身に悲しくて腹が立ってるの。こんなに近くにいる大事な友達のことを、なんで今まで何もわかってなかったんだって。

……だからお願い、阿部さん。希美ちゃんを助けるために、どうかあたしに力を貸してください」

『君がそうまで言うなら……わかった。私もできるだけのことはしよう』

「ありがと。じゃあ早速出発ね！」

急遽葵達は希美の携帯から示されるＧＰＳ反応を辿り、埼玉の自宅から電車を乗り継いで数時間、千葉の房総半島へと向かう。

六

新月の夜だった。

半島の先端部、真っ暗な太平洋から打ち寄せる波の音が、数十メートル下に聞こえる切り立った岸壁の上に、禍々しい黒装束の五十人を超える男女が集まり、何やら怪しげな儀式が執り行われている。

ふんぐるぅいむぅぐるうなぁふうがぁふなぐぅるふたぐぅん……

集団の前では幾つもの篝火が焚かれ、人工の灯が全く届かない周囲が闇の中にあって、遠目にはそこだけがぽつんと不自然に明るい。

ふんぐるぅいむぅぐるうなぁふうがぁふなぐぅるふたぐぅん……

黒い集団の中では、念仏のような、呪詛のような詠唱が、延々と続いていた。

集団の更にその奥、少し間違えば遥か崖下に転落を免れない危険な場所に、一人だけ黒装束に紅の縁取りが目立つ司祭風の男と、もう一人、素肌の上に白い薄布を羽織っただけの少女の姿があった。

希美である。普段の眼鏡はつけておらず、どこか焦点の合っていない虚ろな瞳で、希美は黒い海を見ていた。結わえていない長い髪が、横殴りに叩きつける潮風で四方に舞っている。

ふんぐるぅいむぅぐるうなぁふるぅるぅいえうがぁふなぐぅるふたぐぅん……

詠唱は続く。

しばらくして、赤縁取りの司祭の男は宣言した。

「——おお！　皆の者、見よ。我等が呼び掛けに応え、神がお出ましにあらせられるぞ」

そう言って海上の一点を指差す。

さっきまで夜空と同色、濃藍と深緑の海水しか見えなかった海の中から、浮上してくる複数の光があった。大きさはそれぞれが人の背丈以上はある。それらが海面に近付くにつれ、更にその下に黒々とした闇のような影が沈んでいるのがわかった。

影の形を上から見ると、三角の先端部分は烏賊のようでもあり、海鷂魚のようでもある。後方に数十の長い紐状の肢体を漂わせて海中を移動するさまは、さながら海月のようにも見える。ただ明らかに烏賊とも海鷂魚とも、果たして海月とも違っていたのは、幅が広いところで百メートル、後方の脚の先端まで入れると優に数百メートルを超える超巨大な大きさだった。およそ生物学上では確認されていない、ＵＭＡであるのは間違いない。もっともそれが生物であればの話、だが。

巨大な影はそのまま海中を進み、崖の沖合七、八十メートルの位置に静かに停止する。にもかかわらず巨躯に加えられた水圧で、嵐の時に寄せる数メートル級の大波が、激しく付近の海岸線を一時的に襲った。

やがて波が収まると海面は凪ぎ、辺りには再び静寂が戻る。

「神の御到来だ。我等が再びこの世界に戻る時が来たのだ」

司祭の男は恍惚の表情を見せる。同時に目を覆っていた瞼が大きく後退し、頬の肉が裂け、手足の皮膚の下から魚類を思わせる鱗や鰭が現れた。

背後に控えていた黒装束の集団が一斉に立ち上がり、思い思いに服を脱ぎ始める。人間の身体をしていたのも束の間、司祭の男と同様に、顔も身体も少しずつ異形の姿に変じていく。人と魚、両方の特徴を併せ持つその奇怪な容貌は、伝説上にしか存在しない、半人半魚の種族を思わせた。

ふんぐるぅいむぅぐるうなぁふるぅるぅいえうがぁふなぐぅるふたぐぅん……

それまで響きやまなかった神を称える声に、もう人の声は混じっていない。

集団の背後、崖上に根を張った潅木(かんぼく)の小さな茂みの中に、つい先刻、密かに到着したばかりの葵達の姿があった。

そこで行われていた異様な儀式の光景と、海上に現れた途轍(とてつ)もなく巨大な得体の知れない物体、更には大勢の人間が怪物に変わっていく場面を間近に目撃して、葵は恐怖で震えていた。

「どうしよう。このままじゃ希美ちゃんを助けられない」

この位置から崖の先端に立つ希美の許へ行こうとすると、どうしても集団の中を通らねばならず、話しかけて、はいそうですかと黙って通してくれそうな相手には、どうしても見えなかった。というより、あの怪物に言葉が通じるかさえ既に定かではない。

「阿部さん、あたしの頭じゃ、全然いい方法が見つかんないよ。どうしたらいい?」葵は早々に音(ね)をあげ、頼みの綱の阿部にすがる。

『私も、この姿ではできることが限られる。君に頑張ってもらう他ないが、それにはまず――』

葵達は小声で話したつもりだったが、姿が変わり、聴覚の鋭くなった目の前の怪物には聞こえたらしい。中の数体が動き出して、葵達の隠れる茂みの方へ近付いて来るのがわかった。

「ど、どうしよう?!」

『葵、私の言う通りにしろ。この祝詞を口にするんだ。【まょじうんしんにしてあうょへなほれし】』

「――それ、言うとどうなるの？」

舌を噛みそうな長い祝詞の言葉に、単語記憶の苦手な葵の脳が更に悲鳴をあげた。

『今は詳しく話している時間がない。簡単に言うと魔法の呪文だ。さあ！』

「あ、魔法ね？　それなら知ってる。映画でよく見た。覚えるから、も一回言って。えーと……」

そう言って教えてもらった祝詞をなんとか唱えるのに成功すると、忽ちのうちに葵の身体は眩い輝きに包まれる。

そしてこれ見よがしの数秒間の派手な閃光が収まった時、中から全身ピンク、肩に大きなヒラヒラの付いた上衣を纏い、フリフリのミニスカートを履いたコスチュームに変身した葵が現れた。右手には、何故か大きなハートのシンボルマークの付いた杖が握られている。

目の前の怪物は、突如現れた閃光と、その後に残った葵の姿に驚いた様子だった。いや、もしかしたら、葵の姿自体には全く関心がなかったかもしれない。だが当の本人、葵にとっては大問題だった。

「ちょ……、何これ、この格好？　超ハズかしいんだけど??」

『君達の戦闘スタイルを事前に調べておいたんだが……何かおかしかったかい？』

「もう、何をどう調べたらこうなるのよ！　普通戦闘服といったら、もっと体を隠すものでしょ？　魔法使いだったら、もっとこう、あっ――」

怪物達が一斉に、尖った鉤爪で葵を斬りつけにかかった。堪らず葵は腕で庇う。尻もちをつきながらほうほうの体で逃げ出し、こわごわと傷を確かめると、不思議なことに爪で引っかかれたはずの腕に傷はなく、少し赤くなった程度だった。多少の痛みはあるが、我慢できなくもない。

『――心配するな。今は君の身体全体が、目には見えない力場によって守られている。透明な障壁を服の上から張っていると思ってくれたらいい』

「じゃあ尚更、着替える必要ないじゃない！」

葵は頬をぷっと膨らませる。

「――何か、他に呪文は？　このままじゃ、やられちゃうよ」

「よし、次は杖を相手の方に向けて【よせんくさば】だ！』

「【よせんくさば】!!」

祝詞を唱えた瞬間、ぬかるみで足が滑って手元が狂った。

杖の先端から放たれた青白い火球が怪物の間をすり抜け、横合いの地面に衝突する。衝突の瞬間、火球は轟音を発して大爆発を起こした。爆風で目の前にいた三体の怪物が吹き飛ばされ、彼方の海面に落下していく。

　葵は叫んだ。

「強力すぎるよ！　当たったら死んじゃうじゃない。もっとほら、あるでしょ？　相手を眠らせるやつとか」

『あるにはあるが、効き目は薄いぞ？』

「最初はそんなのでいいの！　ＲＰＧじゃ定番なんだから」

　阿部の助言通り効果は薄かったが、それでも【おりちむろねに】で、立っている敵は半分以下になる。

「最初に海に落ちた人たち、大丈夫かな？」

『心配ない。海底人（マーマン）は元々水棲人間だ。溺（おぼ）れ死ぬことはない。――それより来るぞ！』

　司祭をはじめ、呪文が効かなかった海底人の群れが葵を襲う。幸いにも肝心の希美の姿は、葵が来た時と同じ怪物の後方で海を向いたままだ。葵は内心ほっとする。

「……も少し強力で、相手が死なないくらいのは？」

　怪物の攻撃を躱（かわ）しながら、葵は懐の阿部に尋ねる。

『君は注文が多いな……では【とじきばせは】だ』

「【とじきばせは】‼」

　今度は杖の先端から、しゅうしゅう唸（うな）る見えない空気の塊が飛んだ。塊が当たると怪物達は、風圧で数メートル弾き飛ばされる。海へ落ちる者もいたが、葵は阿部の言葉を信じて、次々と杖を振るい続けた。

「あとはあいつだけ――!!」

葵が戦いに夢中になっている間に、司祭の男は一人、祭祀用の石でできた短剣を手に、希美の方に駆け寄ろうとしていた。中断した神との交信を最後まで続けるため、希美の命を奪おうというのだろう。

「【とじきばせは】!!」

もう少しで石の刃が希美の背中を刺し貫こうとした時、葵の魔法が炸裂し、司祭の男は真っ暗な夜の海へと落ちていった。

葵はたっぷりかいた冷や汗を拭いながら、海を向いたままの希美の傍まで走る。

「大丈夫だった、希美ちゃん？　怖かったね。さ、帰ろ」

親友の手を取り、振り返らせようとした。しかし、

「離して！」

希美はその手を強引に振りほどき、敵意のこもった瞳で葵を睨んだ。

七

「なんてことをしてくれたの?!」

親友の発した意外な言葉に、葵は怯んだ。

「え……だって……」

「私はずっと、あんたが羨ましかったのよ！　いっつもいっつもあんたばっかり特別で！　なんでいつも、あんたなの？　絵の才能だって、神坂君のことだって、どんなに努力したって私みたいな普通の人間は、あんたみたいに恵まれた人間には一生勝てやしないのよ！　生まれた時から勝敗が決まってるなんて、そんなの絶対おかしいでしょ?!　今までどれだけ私が悔しい思いをしてきたか、あんたにわかる？　わかってたまるもんか！　今もこうやって不思議な力を見せつけて、まだ私を下に見ようっていうの？　もう……いい加減にしてよっ」

「希美ちゃん……そんな、あたしだけ特別なんて……」

希美が初めて語った心情に、葵は衝撃を受けた。頭を思い切り殴られたような気分だった。

「――でももう、そんなことどうだっていい。今日から私も特別になるんだ。神様の一部になって、あんたや、私を馬鹿にしたみんなを見返してやるんだ。あんたにも私と同じ悔しさを、たっぷり味合わせてあげる。思い知らせてあげる。想像するだけでもワクワクする。なんて素敵なの！　こんなに気持ちがいいのは初めてよ。だからもう邪魔しないで。放っておいてよ！」

葵には信じられなかった。あんなに仲良しだと思ってたのに……。今までの二人の関係は全部嘘だったの？

　動揺を隠し切れない葵だったが、スマホの中の阿部は冷静に観察していた。

『――邪神の【精神感応（テレパシー）】だ。葵、あれはもう君の知っている友人ではない。邪神に心を乗っ取られてしまったんだ』

「心を……心を乗っ取られるとどうなるの？」

『君の友人の存在は消えてなくなる。邪神は他者に興味はない。自身がただ生きるために喰い、邪魔になった相手を滅ぼす。かつて我々がそうだったように』

　葵がまだ何か言おうとしたその時だった。今まで穏やかだった海上から激しい大波の音が聞こえ、黒い闇のような塊が浮上してきた。

　小さな島ほどもあるその物体の頂上で、複数の光る目が凶々（まがまが）しい光を放ち、海中に沈んでいた数十の触手を次々に海面の上に持ち上げた。

「あの大きなのが邪神……なの？」

『我々が知るものと外見は違うが、おそらくそうだ。分裂体かもしれない。となると奴等はこの星で数を増やし……』

　突如夜空に不気味な怪音が木霊（こだま）する。聞いただけで吐き気を催（もよお）すような、虫唾（むしず）の走るような、唸りにも嘆きにも思えるその音は、頭頂部を二つに割り、中から飛び出した邪神の口腔から発せられた咆哮だった。

希美の表情が強張る。今度は葵がどんなに体をゆすっても、全くの無反応になった。更に悪いことに邪神の咆哮は、先ほどまで魔法で眠っていた海底人の目を覚まさせ、次々と起き上がらせた。あっという間に二人は海底人に取り囲まれる。

再び差し迫った危機に咄嗟に身構えた葵だったが、しかしあろうことか怪物達は、葵の目の前で互いに殺し合いを始めた。

「――一体何がどうしちゃったの、阿部さん⁇」

『……それより君は平気なのか？　これが奴のやり方だ。精神感応で互いの奥底にある負の感情を増幅させ、自分の支配下におく。支配された者は互いに憎み合い、殺し合って、やがて自滅する。邪神にとって海底人など、最初から眼中にないんだ。自分が力を手に入れるための単なる道具でしかない。肉体を失った私ですらこの有様だというのに、君は何故……』

阿部は端末の内蔵カメラで、改めて葵の表情を映し出した。

『……そうか、君には怒りや憎しみという、負の感情が乏しいからだ。本来ならあり得ないが、そういう意味で君は、或いは大いなるベ・デルにも、我々より更に近い存在なのかもしれない。ちょっと待ってくれ、君と……君の波長と同調する……』

そう言って阿部は、しばらく無言になった。

『……これでなんとか私も……自我を保っていられる』

葵は阿部の復帰を喜ぶ間もなく、

「希美ちゃんは……希美ちゃんもそうなの？　邪神に操られてるだけなんでしょ？　だったら……」

藁にもすがる想いを口にした。

『さっきも言ったが、彼女の場合も半分はそうであって、半分はそうではない。元々持っていた彼女の本心、奥底に眠っていた君に対する負の感情は、残念ながら本物なんだ。それを邪神によって増幅させられ、心を乗っ取られてしまったんだ』

「そんな……元に戻す方法はないの？」

『奴の支配下から解放するには、奴を倒すしかない。しかし残念だがそれは非現実的だ。今の私と君の力だけでは、分身とはいえ〝邪神〟と呼ばれる強大な存在には、どうあがいたところで太刀打ちできない。今すぐこの場から離れよう』

「――いやよ、絶対にいや！」

葵と阿部が言い争う中、希美は司祭の男が地に落とした、祭祀用の魔力の籠った短剣を拾い上げていた。そして、

「ぐ……っ」

『どうしたんだ、葵?!』

背後の激痛に葵が振り返ると、そこには血に濡れた短剣を片手に、不敵な笑みを浮かべる希美の姿があった。

八

「大丈夫……じゃないかな、あんまり」

　苦痛に顔が歪む。今の一撃で背中に深手を負ったらしい。それでも葵は笑顔を作ろうと必死だった。

「ごめんね。希美ちゃん……。今まであんなに近くにいたのに、希美ちゃんの気持ちに全然気付いてあげられなくて」

『大丈夫か?!』

　再度夜空に邪神の咆哮が木霊する。同時に今度は、海上から何十本ものぬめぬめとした触手が一斉に伸びてきた。触手は崖上まで来ると、そこにいた者達を手当たり次第に掴み取る。掴まれた者はそのまま持ち上げられ、海上に浮かぶ小島のような邪神の頭の口に次々と放り込まれた。邪神は複数の光る目を細め、満足そうに獲物を咀嚼する。触手の中には先端に鋭い牙を生やした口を持ったものもあり、不運にもそういう口付きに狙われた者は、海上まで運ばれることなく、崖上で容赦なく喰われていった。

自分達を取り巻く周囲のそんな惨状にも、希美は全く平然としていた。それどころか逆に、表情には一種の高揚感すら漂っている。そんな親友の姿を目の当たりにしても、葵は最後まで語るのをやめようとしなかった。

「希美ちゃんは、そんなにあたしが憎かったの？　あたしがいなくなって、本当に希美ちゃんが救われるなら……あたしはそれでも構わないよ。その代わり、約束してね。優しかったいつもの希美ちゃんに、必ず戻るって……」

葵は魔法の杖を手から捨て、相手を包み込むように両手を広げた。呪文の効力が尽きたのか、葵を覆っていたピンクの衣装は消え、元の姿が戻る。懐に大事に抱いていたスマートフォンは、魔法が消えた弾みで地面に落ちてしまい、ディスプレイに大きく亀裂が入った。

『やめろ、葵、君の声はもう相手に届いていない。そんなことをしても無駄なんだ！』

阿部は必死で諫めたが、葵の決意は変わらなかった。

希美は瞬きもせず、血で染まった短剣を片手に、一歩一歩葵に近付く。そして躊躇することなく今度は親友の腹部に、深々とそれを突き立てた。そのまま無表情にぐいぐいと押し込む。あまりの痛みに葵は大きく呻きをあげたが、それでも広げた腕で親友の身体をしっかりと抱きしめた。

どのくらい時間が経ったのだろう。もしかしたら一瞬、或いは数分の出来事だったのかもしれない。しかし葵にはとても長く、気の遠くなるような時間に感じられたのだった。

痛い……もうダメだ……。

脳裏に次々と家族の思い出が甦る。

死ぬっていうのはこんな感じなんだなぁ。

不思議とそれほど後悔はなかった。短い間だったけど、優しい家族、友人に恵まれた十六年間の人生は、それなりに充実してたと思う。やり残したこともない訳じゃないが、それはそれで仕方がなかったんだ。葵は自分に言い聞かせる。

視界の隅で邪神の巨大な蛸のような触手が波打ち、下敷きとなった葵のスマートフォンが粉々に砕けるのが見えた。

壊れた破片の中から、小さな光の粒がふわふわと宙に漂い、しばらくその場に留まっていたが、次の触手の蠢動(しゅんどう)で何もかも一掃されてしまった。

阿部さん、巻き込んじゃって、ごめんね……。

次第に意識が遠のいていく。体に刺さった異物の痛みは消えないが、それもそのうち感じなくなるのだろう。

不意に体が持ち上げられ、身動きできなくなった。遂に捕まったのか。まあ、それも仕方がない。

希美ちゃん、痛くなかったらいいね……。

葵は目の前の親友に語りかけたが、蝋人形のような表情の希美に反応はなかった。

苦しむことがないよう祈りながら、葵は自ら進んで目を閉じる。生きることを諦め、運命に身を委ねようと思った。

よかった……もう……何も……感じない……や……。

そこで葵の意識は完全に途絶えてしまった。


地球には、毎日宇宙から様々な光が降り注いでいる。

目に見えるもの、見えないもの。暖かく感じる太陽光のようなものもあれば、肉体に感じず、機械で測れないものもある。まだまだ宇宙は未知に溢れており、人類が知っていることなど、ほんの一握りに過ぎない。

地面で砕けた葵のスマートフォンから溢れ出した光、葵が名付けた、かつて生命体だった【阿部】の痕跡は、そんな未知の力でありエネルギー、生命の根源とも呼べる光だった。

それは死の間際に見た幻だったのかもしれない。

目が覚めると、葵は淡いオレンジ色の光の中を漂っていた。

優しくて温かい、そんな安らぎに満ちた心地よい空間が、彼方まで無限に広がっている。

うとうとした気持ちになり、もう少しで葵がまた眠りに落ちようとしていると、光の中に一際明るく、白い輝きを放つ集団が現れた。いつか夢で見た、人の形をした光の群れだ。その中の一つが葵に話しかける。

「やあ、葵。こんな形で君に会えるなんて思ってもみなかったよ」

　葵はその懐かしい声に聞き覚えがあった。

「……阿部さん？　あなたが阿部さんなの？」

「そうだ。その名前は君が付けてくれたんだったね。私は【大いなるべ・デル】の一部。ここにいる全員が私なんだよ」

　そう言って阿部は、集まった光の集団の中に戻っていく。そこには数百、数千、それ以上の数え切れない光の人の姿があった。

　その光の集団の遥か後方に、かつて葵が夢で見た、巨大な鯨に似た物体がゆっくりと泳いでいるのが見える。

「あれが……大いなるべ・デル……」

「……さあ、行こう、葵。そろそろ君の【力（アポート）】が働く頃だ」

　葵と阿部達の光の集団は一つになり、遥かな時空を飛び越えた。

　洋上に極大の光の柱が突き刺さった。

　突然の目もくらむような閃光に、邪神は堪らず贄を口にすることも忘れ、触手に掴んでいた獲物を放り出した。

　その中の一つ、葵の身体に、天から降った光の渦が飲み込まれていく。葵の身体を突き抜けた膨大な光の塊は、やがて葵を中心に、背中に羽を持つ巨大な人型を形成して、静かに海上へと舞い降りた。

　たおやかに翼を広げ、全身が美しく金色に輝くその姿は、小島のような邪神とも並び立つ大きさである。

　一度肉体をはなれた葵の意識は、彼方より飛来した生命の光と一つに繋がり、再び現実の世界へ引き戻されていく。

　光の天使、無限のエネルギーと一体化した葵は、自分の中に喚び醒まされた幾千、幾万、幾億の想いの力で、滅びの象徴、旧支配者に対峙した。

　邪神は巨人となった葵に、数十の触手と鉤爪で一斉に襲いかかる。しかしどれもが光に触れた途端、原型を失って輝きの中に消えていった。

『すごいぞ、葵！　これなら邪神を倒せる』

　葵と一体となった阿部は、驚嘆の声をあげる。しかし葵は、

「ううん、あたしは誰も傷つけない。相手が邪神でも受け入れようと思う」

　そう言ってゆっくりと相手に近寄った。

巨人が触れると、触れられた邪神の身体は、徐々に小さくなっていく。身体を構成する負の物質が浄化され、正である光と融合していくのだった。それは他者に対し決して負の感情を抱かない、葵にしか成し得ない奇跡だった。

「さあ、一緒にいこう。あなたもあたしたちと同じなんだよ……」


自身の存在を失うことを恐れた邪神は、最後に身の毛もよだつ苦悶の呻きをあげ、海中に逃げ去ってしまった。

葵は敢えて追うことはせず、そのまま逃げる相手を見逃した。

『葵、君の発想には驚かされるよ。奴と共存……我々が考えもしなかったことだ。もしそうしていたら、或いは我々も……。おっと、もう時間のようだ。さらばだ、葵。……そうだ、君の能力にふさわしいプレゼントを残しておくよ。またいつかどこかで……』

気がつくと葵は砂浜に倒れていた。

身体にあったはずの傷はすべて塞がり、跡形もなくなっている。すぐ近くに親友が横たわっているのを見つけると、慌てて立ち上がって身体を起こした。

「希美ちゃん、希美ちゃん、大丈夫？」

「うーん、葵ちゃん……。あれ？　私、なんでこんなところにいるの？　あ、メガネがない。葵ちゃんの顔がぼやけて見えるよ」

そう言って希美は屈託（くったく）なく笑った。

「よかった、元に戻って。一時はどうなるかと思ったよう」

葵は涙目になりながら希美に抱きつく。

「何言ってんの、葵ちゃん？　――え、やだ！　葵ちゃん、なんでそんな格好してるの？」

言われて初めてわかった。葵は魔法少女のコスチュームを着たままだったのだ。

「いや――!!　阿部さん、プレゼントってこれのこと?!」

葵の慌てぶりが可笑しく、希美はからからとお腹の底から笑う。

いつの間にか夜が明けようとしている。

水平線から覗いた美しい朝陽の中に、小さな光の残滓（ざんし）がいつまでも漂っていた。

ウマル皇子の天球儀

新熊　昇

イスラム暦六九〇年、西暦一二九一年、アラビア半島南端のイエメン王国、ラスール朝のウマル皇太子は、他国他時代の数多の王族たちと同じように、武芸も学問もあまり好きではなかった。

剣術、槍術、弓術、馬術、格闘術……はお世辞にも得意とは言えない。まぁ実際に戦をするのは将兵なので、権謀術数に長けていればそれで良いのだが、それも人より秀でてはいない。温厚かつ慎重と言うと聞こえはいいが、戦の世と言うのに争い事は好まぬ性格だったのだ。政治・宗教・歴史・語学・文学・科学・数学……。どれもこれも自分が多少なりとも面白いと思ったものを除けば、帝王学に関連する学問はおしなべてどれもこれも退屈なものばかりだった。それに読書は目が疲れる……。ただ唯一、天文学だけは例外だった。星星は美しい。月も……。砂漠の夜空に浮ぶ満天の星雲と見まがうほどの天の川は、眠くなるまで眺め続けるに値するものとして十分だった。背景が闇なので、目にも優しい。

加えてアラビア半島をはじめとするイスラム圏では、メッカに向かって礼拝の際、より正確な方位を知るために各地に大小の天文台が作られて正確な観測が行われていた。天文学は学問の中の学問であり、公私に渡って推奨されていた。インドやギリシアの天文学書が翻訳・研究されて、プトレマイオスの著書の版を改め、五百個近い恒星の位置を正しくした。現在でも恒星の名にアラビア語由来のものが多いのはこのためだ。また、もっぱら夜に砂漠を旅する隊商を導く天体の観測も特に重要だった。

（あの星星の中には木や草花が生え、人や生きものが住む星もあるのだろうか）

そのようなことを思い浮かべると、古のプトレマイオスの星座表やギリシア神話の物語、アラビア語以前――エラム語の絵文字やアッカド語の楔形文字といった古代ペルシア、メソポタミアの言語やシュメールのアルファベットが自然と頭の中に入ってきて、関連する学問への興味をどんどんつなぎ続けて、何とか皇太子として落ちこぼれずに済んでいた。

夜は篝火の不夜城である宮殿からは少し離れたところにある天文台で六分儀で星座の観測やスケッチをしたり、自らこまめに蒐集した各種の天球儀やアストロラーベを持ち出しては庭園上空の夜空と付き合わせ（ああ、あれがプレアデス、あれがヒアデスと呼ばれる星団なのだな）と、成り立たせている星がいくつ見えるか、ミザールやアルゴルが見えることも条件に採用された将兵たちと競いながら目を細めて眺めている時がウマル皇太子の最も至福の時間だった。

アストロラーベとは、両手のひらで抱えられるくらいの金属製の円盤で、古より天文学者や占星術者が使っている月や星星など天体観測用の道具……一種の計算尺である。用途はいろいろで、太陽・月・惑星・恒星の位置測定および予測、任意の経度の現地時刻の変換、測量、三角測量などに使われた。イスラムとヨーロッパの天文学では、天宮図を作成するのにも用いられた。

その他の楽しみ……ご馳走（ちそう）、後宮の女性たちは……どれもこれも無限に楽しめる訳ではない。人としての限界が定まっている。皇子はかねがね（もし飽きるほど食べても、痛くなるのは他人の腹なら面白いのに）と思っていた。（世に言うところの『絶倫な男性』でもヘラクレスほどではあるまいに）とも……。より穏やかに言うと「立って半畳寝て一畳、天下取っても二合半」という信条の持ち主だった。特に後宮の女性たちは大なり小なり打算を抱いているようにウマル皇子には思えた。実際にそうであるかどうかはともかく、そんな先入観を抱いていたのだ。だが天空は違う。宇宙は無限だ。人の意思など一切関知せず、ただ偉大なる唯一神が紡（つむ）ぐ思（おぼ）し召（め）しのみで動いているように思えた。そのうちに偉い大博士たちが空を自由に行き来し旅することができる船を発明するかもしれない。遠い夜空の星の一つ一つを大きく拡大して克明（こくめい）に映し出す鏡を考え出すやも知れない。具体的には、手鏡ほどの硝子（ガラス）を磨いて円筒形の筒に何枚も重ね合わせると、遥（はる）か遠方にあるものも手に取るように見えるのではないか、と唱（とな）える学者もいる。未だ実現していないが、未来には期待できる。どの星座のどこに、何者が棲（す）んでいるか突き止めるやもしれない……。想像の翼は果てしなく広がり、しばしのあいだ日常の窮屈（きゅうくつ）や退屈を忘れさせてくれた。

その日、ウマル皇子はいつもように図書館の天文学の書架を眺めていた。すれ違う司書たちが壁際に退いて恭しく拝礼する。と、突然何の前触れもなく床がガクガクと縦横に揺れ、皇子は壁に寄りかかり、しゃがみこんで、思わず頭を両手で覆った。屈強な護衛たちが倒れてきた書架を押し戻し、皇子に覆い被さった。遠くのほうから女官たちの悲鳴が聞こえてきた。

揺れは数分続いて、やがて収った。

「殿下、ご無事で？」

「お怪我は？」

さらに家臣たちが駆けつけてきた。

「大丈夫だ。それより……」

書架から無数の巻物や綴じ本が飛び落ち、床一面に散らばっていた。

「ただちに片付けます故……」

「慌てるな。まだ余震があるやもしれぬ。まず皆の無事を確かめよ」

書架の裏の壁も一部が崩れ落ち、裏側にある禁書庫の棚も倒れていた。何気なく歩み寄って目を落すと、黒い、大きい、何かしら激烈な妖気を放っている本に気が付いた。もちろん、それまで一度も見たことのない本だった。

「『死霊秘法』　アブドゥル・アルハザード著」

アブドゥル・アルハザード、名前くらいは知っていた。サナア出身で邪教を広めようとして、ダマスカスで白昼見えざる怪物に貪り喰われたと言い伝えられる魔導師だ。

「殿下、その本は……」

司書たちが慌てて隠そうとした。ウマル皇子は正直、どうでも良いと思った。皇太子としては清廉潔白でなくてはならぬ。一応禁書とされている本には触れない、見ても見なかったフリをするのが賢明であろう、と思った。

だがしかし、その本の傍らに落ちていた羊皮紙の綴じ本の小冊子には目が釘付けになった。

『闇の天球儀とアストロラーベ』

著者名はない。それぞれ衝撃でページがめくれ返っている。『死霊秘法』と同じ写本家が写したものかは分らないものの、良く似た写本家の筆跡でそう書かれていた。ウマル皇子は咄嗟にその小冊子のほうだけを自分でも驚くほどの速さで拾い上げ、埃を払うような仕草で素早く懐の中に隠した。

「あっ！」

司書や家臣たちは口口に小さな叫び声を上げたが、それ以上は何も言えなかった。なにしろ相手は皇太子殿下である。彼の天文好きは広く知られている。また禁書書庫に入って閲覧できる者は、そう厳密に定められている訳ではなかった。それに禁書中の禁書、一番肝腎な『死霊秘法』は間髪置かず数人で取り囲むように抱えられ、本来あるべき奥のほうに戻されつつあった。衛兵たちが駆けつけてきて仮面の表情で壁を作った。

「おまえたちも、これらを元通りにするのは大変であろう。きょうの閲覧は止めにして帰る」

ウマル皇子はおごそかにそう言うと、ゆっくりと踵を返した。

宮殿にいくつかある側塔の一つの最上階、螺旋階段を登り詰めたところ。大きな硝子の天窓のある自室に戻ったウマル皇子がまずしたことは、家臣を下がらせて最も信頼できる衛兵二名を立て、いままで一度も掛けたことのない「いかなる理由・急用があっても余人は入るべからず。呼びかけるべからず」と彫られた象牙のプレートを紫檀の扉に掛けることだった。

「あの……殿下。地震の被害状況報告の者が来たら如何致しましょう？」

「しばらく控えの間に待たせておけ。私もまだ心の臓が早鐘のように打っている」

「かしこまりました」

心臓がどきどきしていることはまことだったものの、理由は違っていた。絢爛なペルシアの絨毯、ヌビアの水鳥の羽毛クッション、愛用の読書用の座椅子に座ったウマル皇子は、自ら乳香を炊いて、珈琲を淹れいそいそと「闇の天球儀とアストロラーベ」の羊皮紙の小冊子を開いた。

「これは我我の世界、我我の棲む大地とは異なる世界、とある宇宙、空間と時間から、我等の太陽などを眺めた天球儀と星座早見盤の設計図である。

似たものとして『レンの硝子』のようなものもあるが、これはそれよりさらに優れたものである」

講義で学んだ千年ほど前の書体と文体のラテン語の書きだしで始まる文章や、多数の豊富な図面に、皇子はたちまち魅了され、引き込まれた。嫌嫌ながらでも学問をしておいて本当に良かった、とも思った。

「この世界の」天球儀とアストロラーベは、ウマル皇子は多数所持していた。重たいものや持ちにくいものも少なくなく、お気に入りのものは東西南北のそれぞれの窓辺の机の上に数個ずつ置いてあって、いちいち窓辺から窓辺へと持ち運ぶ必要はないようにもしてあった。もちろん、どれも「この世界」のイエメン、サナアやアデンから見える星座の天球儀とアストロラーベだった。天球儀は文字通り月ごとの天の星座を一覧し、アストロラーベは春夏秋冬、日付時刻に歯車を合わせると表示される星座は、アラビア語表記であれ、ギリシア語表記であれ、当然どれも同じだったし、計測される星と星との角度や、外側と内側の円盤を回し合わせ計算尺として割り出される地上の二点の測定地間の距離も同じだった。だが、先ほど何喰わぬ顔で持ち出してきた本に描かれた天球儀とアストロラーベは違っていた。どこかの趣味人が心の赴くままに年月を費やして記し続けた「架空の世界の天球儀とアストロラーベ」であり、また金持ちの好事家・蒐集家たちから大金を騙(だま)し取るために厖大(ぼうだい)な手間暇を費やして執筆された偽書のようにも思えた。天球儀とアストロラーベには太陽が二つあり、月は三つある。惑星は十数個あり、実に複雑な……いまにも衝突しそうな危うい、しかし寸前のところでそうはならない理路整然とした軌道を描いて二つの太陽の周りを回っている。

（「この本に書かれた」世界、星、星の連なりは実際に存在する。この広い宇宙のどこかに……）

ウマル皇子はそう直感、確信した。架空のもの、空想で想像されたものにしては文章や図面の流れに澱(よど)みがない。写本した者が丁寧(ていねい)に写したとかそういうことではない。最初の、オリジナルの作者すなわち天文学者がまるで優れた紀行家のように、自分の目で見たことをじゅうぶんに観測研究し尽くし、自信を持って著述、図面化している感じを受けたのだ。ウマル皇子が即座に図面通りの天球儀とアストロラーベの実物が欲しくなったのも無理からぬことだった。リート……枠組みの中のティンパンやクライメーターと呼ばれる歯車や操作部分を実際に我が手で動かしてみたい気持ちを抑えがたくなったのだ。皇子はいままで欲しくなったものは他国の宝物以外、ほとんど買い上げてきた。書物・地図・海図（書き写す権利金）、地球儀・天球儀、アストロラーべ、隕石と思われる石の欠片……。けれどもこれだけはいつものように御用職人たちに作らせる訳にはいかない。

（殿下が作らせようとしているこれは一体何だろう？）ということになる。尋常一般の天球儀とアストロラーべではないのだ。

しかし、いくら人より手先だけは器用な皇子と言えども一から、金型から作るのは不可能だった。職人に学ぶことにしても怪しまれるのは同じこと……。そこで彼は考えた。

「闇の天球儀とアストロラーべ」の部品の図面を綴(と)じ本の糸を外していくつかに分け、十人の口の重い御用職人たちに配って「これは自分がふつつかで壊してしまった天球儀とアストロラーベの修理部品である」として発注した。その際、なるべくお互いに仲が良くない、もしくは商売仇の職人たちを選ぶ。サナアは小さな都なのだ。職人組合の会合で出会っても口をきかないくらいが望ましい……。

「この世のものならぬ天球儀と、アストロラーベの部品」ということを万が一にも気付かれないように「この世の、まともな通常のアストロラーベの部品」も多数混ぜておいた。


数日が過ぎ、公務も宮廷行事も上の空の皇子のもとに、やがて一つ、また一つと同じ色、同じ輝きを指定した真鍮（しんちゅう）の枠組みや大小様々の枠組みや歯車やネジが届き始めた。天球儀とアストロラーベ、仮り組みのできるものは何度も繰り返し、油を差し、慎重にさまざまな種類の鑢をかけた。作りかけのものは幾重もの黒い天鵞絨（ビロード）の布で覆って、出入りする者や掃除の者の目に触れないようにした。自ら触る時は扉に例のプレートを掛けた。

やがて天球儀、アストロラーベとも、ついに最後の部品が届けられた。ウマル皇子は逸（はや）る心を抑え、返ってきた最後のページをはさんで元のように綴じ直し、何度も読み返してページの差込み間違い……落丁や乱丁がないかを確かめた。それから、いつものように宮殿の図書室に赴（おもむ）いた。一部が崩れた禁書書庫とのあいだの壁は、漆喰（しっくい）の匂いも新しく修復されており、本棚の本はほとんど元あった通りに収納されていた。皇子は、お付きの者が気を遣って離れた隙（ひま）に

『闇の天球儀とアストロラーベ』の小冊子を禁書庫につながる扉の近くの書棚に戻しておいた。職人たちには部品を製作するのと同時に図面の写しを取るように命じてあったので、懸念はない。添え書きしてあった文章は、一部の複雑な呪文はやむなく書き写しただけで、意味のある文章は完全に丸暗記したと言えるほど読み込んでいた。

その日の最後の祈りを済ませ、水時計で就寝時間になったのを確かめ、さらに念入りに窓越しに星の位置も確認し、作業机の回りを隙間無く暗幕で囲ってランプの灯りを漏れないようにしてから、ウマル皇子は震える指先で天球儀とアストロラーベのそれぞれに最後のネジを差し込んだ。まず天球儀。燐（リン）や殺生石（せっしょうせき）の粉を使え、とは書いてなかったのに、闇の中で青や群青、薄青の背景がぼんやりと輝いた。異なる世界の天の川、星の雲、目印とされるであろう明るい星星が青白く瞬（またた）き始めた。これまで一度も見たことがない文字で書かれた星や星雲の名が明滅した。皇子は恐る恐る天球儀に触れ、ゆっくりと回転させてみせた。すると、「こちらの世界」のプレアデスやアンドロメダに似た特徴のある星団や星雲を見つけた。しかし相互の位置がまるで違う。

（この世界から遥か遠く離れた宇宙から眺めれば、このように見えるのであろう……）

試しに、牡牛座のヒアデスのように見える星星にそっと人差し指の爪の先で触れてみた。すると、天球儀は透明な水晶玉に切り替わった。幻灯を覗くように目を凝らすと、峻険（しゅんけん）な山山に囲まれた巨大な湖が見えた。ウマル皇子は海や、オアシスの泉は見たことがあったが、このような大きな湖は初めて見た。ユダヤやヌビアのタンザニアには視界に収らぬくらいの大きな湖があるということは書物や挿絵で知ってはいたが……。天球儀の湖は、何とも言えぬ禍禍しい雰囲気だった。偉大なる預言者ムハンマドが封じるまでは砂漠には数多くの魔神たちが棲んでいたとされるが、この湖の底には明らかにその類が潜んでいると察せられた。

すると案の定、静かだった湖面が次第に波立ち始めた。最初、さざ波だったものが次第に大きな波となり、何かしら龍のような生き物……いや、悪魔が姿を現そうとしていた。皇子が（これは人が見てはならないものだ）と確信して、無意識にもう一度指先で球に触れると、球は見かけが違うだけの天球儀に戻って事なきを得た。異世界を映し出し、魔物を召喚するという伝説の魔法の道具「レンの硝子」のことは聞いたことがあったものの、どうやらこれはその場所を指定でき、なおかつ噴水のように「入・切」出来る優れものらしいことが分った。

（これは文字通り「魔法の天球儀」に違いない！　偶然とは言いながら、えらいものを手に入れてしまった！）

ウマル皇子はまず正直に、これまでのいきさつを漏れなく父の国王に述べようか、と思った。

（いや、駄目だ！　まず第一に、地震の際に禁書書庫から飛び出たと思われる小冊子をこっそりと持ち帰っている。

次に、その小冊子をもとに、御用職人たちに部品ごとに分けて製作を依頼している……）

「禁制の魔法道具と知って、多くの職人たちに分散して部品を発注し、組み立てたのであろう！」

と叱責されるのに決まっている。

宮殿には第二皇子や第三皇子を支持している将軍や大臣たちも少なくない。

「国教であるイスラムの教えに背いたウマル皇太子は、次期国王陛下としての資質・人望に欠けます」

などと言い出す者が必ずや現れるだろう。

ウマル皇子は国王などにはなりたくなかった。叶うことなら一日中好きな天文学の本を読んで、夜は学者たちとともに観測に明け暮れたかった。だがこの時代、第一皇子として安直に皇位継承権を譲るということは「どうか暗殺してください」と公言するようなものだった。次に皇子は、初めて動かしたばかりの天球儀を、未使用のアストロラーベとともにこっそり処分することを考えた。オアシスに鷹狩りに出かけた時にでも、そっと湖に沈める……。

（いや、それも駄目だ！　捨てているところを人に見られでもしたら終わりだ。地面に埋めるにしても宮殿には猟犬が多数いる。バラバラにして捨てる……バラして捨てれば、知識を持たぬ者が拾った場合、そのまま捨て置かれる可能性もあったものの、捨てる部品の数が増える分だけ危険性も増す）

それに、宮殿の数数の財宝や貴重な道具をもってしても、この魔法の天球儀には魅力があった。皇子は試しに、蚯蚓のようにのたくって形を変える不思議な文字を次次に指先で押してみた。崩れ落ちる氷山、噴火を続ける火山、深い海の底と思われる奇妙奇天烈な生き物たちが蠢く、絵本の類でしかみたことのない世界の数数。その無限の世界が、いま自分の机の上に乗っている。真新しい真鍮の光を放っているアストロラーベのほうはまだ触っていないが、こちらもさぞかし摩訶不思議な力を秘めているのに違いない……。単純に（ここまで苦労したのにもったいない）とも思うと同時に、自分がこの道具を守って行かなければ、この頭の固い者ばかりの宮廷においては、たとえあの小冊子を偶然に見つけて読むことがあっても、実際に製作しようと考える者は金輪際現れないだろう、とも思った。

（ここ、自分の部屋のどこかに隠しておく）

それが最も穏当で常識的なような気がして、剣璽の間の中にしまった。それから「良く眠れる」香を焚いて、寝所に入った。

皇子の寝所は特別だった。

通常、高貴な者や金持ちの寝台には天蓋が付いているのだが、ウマル皇子の寝台は広い大きな硝子の天窓の真下にあり、眠りに就くまで星や月を眺めていられるように工夫を凝らしてあった。いつもと同じく、天窓越しにみえる星に目をやった皇子だったが、我と我が目を疑った。昨夜と同じ時間なのに、目に映る星星がまったく違う……。いや、これまでのどの季節、どの時間にも見たことがない星星である。

（夢でも見ているのに違いない。さもなくば宮殿付きの天文学者や、占星術師、一般の者たちですら大騒ぎをしているはずだ）

天窓には流れ星や火球が飛び交った。その数が尋常（じんじょう）ではない。

（ほらみたことか！　誰も騒がぬ、騒ぎ立てぬではないか。これはこの天窓だけに映っていることなのだ。もしかしたら、あの押し入れにしまった天球儀の成せる技が続いているのかもしれぬ）

駱駝（らくだ）の毛で編んだ毛布をかぶりなおし、寝返りを打って寝込もうとした。すると、天窓のほうでミシミシと何者かが歩く音がした。

皇子は（ひどい砂嵐の際などに天窓を閉じる係の者か？）と思ったものの、そういう時は必ず断りが入る。また今夜は砂嵐など吹いていない……。ゆっくりと起きると、脇机の偃月短刀（ジャンビア）を手にとって抜いた。

（衛兵たちを呼ぼうか？）とも考えた。

だが、ただの風の音なのにと臆病者と思われるのも心外だった。常夜灯のランプから黒い石綿の囲いを恐る恐る外してみた。

天窓に何か脚のようなものが見えた。爬虫類のような、古（いにしえ）の龍のような爪があり、粘液のようなものを硝子窓に残し引いていた。さらには、巨大な蝙蝠（こうもり）の翅（はね）に似たものの一部も見えたような気がした。

皇子は叫び声を上げかけ、衛兵を呼ぶ呼び鈴に指先で押さえ掛けて思いとどまった。

（相変わらず衛兵・番兵の誰一人として騒ぎ立てないのは、やはり見えているのはこの窓、もしくは我が目にだけ見えているのやもしれぬ。落ち着くのだウマルよ！　噴水のように「切」にする仕組みが必ずやあるはずだ！　そうでないと困る！）

皇子は自分自身にそう言い聞かせた。

（これらの事象が我が目、わが心だけに映し出されているものならば、不用意に騒ぎ立てぬことが最も肝要。皆がやって来て誰の目にも映らなかったら、自分は乱心したと思われて皇太子は廃位され一生幽閉されてしまう！）

されとてこのままでは何とも落ち着かぬ。天窓に映っている幻影を、正常な星空に戻さなくてはおちおち眠ることもできないではないか……。時間と空間を越えた事象を観る能力がある者が、ふとした機会にこれらの怪異を観てしまうやもしれぬ。見て観ぬふりをしてくれるかもしれない。その者が信頼できる者に相談するかも……。怪異を知る者の人数が増え、自然に噂が立つだろう。そうなったら難儀である。

そこで皇子はとりあえず後宮の自分の百人の寵姫全員を側塔の自室に呼んだ。螺旋階段には色とりどりのドレスを引きずりながら（何事か？）とかまびすしい会話をする姫たちがズラリと列を作った。皇子は姫たちを身分の高い順番に一人ずつ自室に招き入れてこう訊ねた。

「そなたはこの部屋……我が部屋に何か変わったことがあると思うか？」

最初の一人はぐるりと、初めて見る皇子の私室を見渡し、天窓も見上げた。皇子の目には、まだ天窓に流星やら火球やら、面妖な怪物の胴体・尻尾などの一部が映っている。

「いいえ、殿下。あたくしにはこの部屋には寝台の上に天蓋がなく、代わりに天井に天窓が開いている以外、何も変わったものはないと思います」

「もうよい、下がれ。大儀であった」

皇子はその姫をすぐに後宮に下がらせた。

二番目の姫も、三番目の姫も、同じことを申し述べた。姫たちの中には一風変わった寝台と、天窓の存在に気付かぬ者さえいた。

（もしも、天窓から見えるこの世のものならぬ光景に気付く姫がいたら、可哀相だが、とりあえず無礼討ちにしてしまうしかなかろう……）

幸い、姫たちの中にそのように答える者はただの一人もなく、後ろ手に偃月短刀を隠し持ち続けていた皇子はホッと肩を降ろし続けた。姫たちの列はだんだんと短くなって、やがてファティマという、まだ幼い、おそらくはどこか地の果ての辺境の部族の首長が差し出したのであろう最も家柄が格下の少女一人を残すのみになった。

「ええと、そなたは誰だったかな？」

皇子は幼い女の子が（男の子も）苦手だった。自分はまだ正妻を娶（めと）ってはいない。側室が産んだ子供には難を避けるために母方の名を名乗らせて実子に恵まれない有力な家臣の養子・養女に出していた。

「ファティマにございます。殿下」

彼女はあどけない、訛り(なま)の抜けきらない舌足らずの言葉で答えた。

「そなたはこの部屋……我が部屋に何か変わったことがあると思うか？」

問い終わるよりも先に、ファティマは身を逸(そ)らせ、口元に両手のひらを当ててよろめいた。

「殿下……」

「見えるのか！　そなたには？　見えるのか？　何が見える？　答えよ！　これは皇太子としての命令だ！」

「……異変としか思えないほどの流れ星と火球が飛び交わっているのが見えます。……それからこの世のものならぬ怪物も……　魔法使いの幻術でなければ、大変恐ろしいことです……」

「神に祈れ！　わたしは『見える者』を始末せねばならぬ！」

ウマル皇子は偃月短刀を振りかぶった。ファティマの首は細く、片手で締められそうな上、短刀でも刎(は)ねられそうだった。

「わたくしを無礼討ちにしても無駄にございます、殿下」

ファティマは皇子が背中に隠し持った偃月短刀を取り出して振り下ろす寸前に言った。

「わたくしに見えるということは『およそ百人に一人、見える者がいる』ということでございます。百人に一人見える者がいるということは、この宮殿には十数人、見える者がおり、そのうち半数が己の保身のために見て見ぬフリをしたとしても、残りの半数が騒ぎ出すのは時間の問題、ということにございます。一刻も早く策を講じられたほうが御賢明かと存じます。原因に何かお心あたりがございますでしょうか？」

ウマル皇子は偃月短刀を何度かためらいつつも腰の鞘に収め、しばし迷った末に訳を話した。元より政道に関わる身なのにあまり上手に嘘をつけるほうではない上、なぜかこの小さな姫の前ではことさら素直で正直になれた。

(事故に見せかけて始末しようと思えばいつでもできる。おまけに身分も低そうで、無礼討ちしても部族間の問題は起きぬであろう)

「その問題の天球儀とアストロラーベをお目に掛けて頂けますでしょうか？」

余裕を取り戻した皇子は剣璽の間から天球儀とアストロラーベを持ってきてファティマに見せた。天球儀は、ぶつかりそうになってはお互いに道を譲ったりする異様な星星を映していた……。

「こ、これは……」

「どうした？　まさかこれらのものを見たことがあるのか？」

「実物を見るのは初めてです。……ただ、私たちの部族に伝わる秘密の祭祀場の岩壁にそっくりなものが描かれているのをちらりと見たことがございます」

「それはどこにある？　そなたは何という部族の出自か？」

ファティマは、アラビアの砂漠の奥地も奥地、さらなる奥地「深紅の砂漠」と呼ばれる魔界の地と、その中の点のようなオアシスに棲む部族の名を名乗った。父の国王がかようなところに軍隊や隊商、探検隊を派遣したとはとても思えない。おそらくは後宮の宦官たちに取り入った物好きな奴隷商人の一人が「隅のほうに置いておけば、よもやの時の人質として有用かもしれませぬぞ」とか言葉巧みに売りつけたか置いて帰った少女の一人なのだろう。

「そなたはこれらの道具と、この天窓の光景をどう思う？」

「この世界とは異なる世界の天球儀とアストロラーベにございましょう。『レンの硝子』の如く異なる世界のことを見せることも可能な……」

「見せるだけか？　それ以上の害は及ばさぬのか？　また、この状態を収めることはできるのか？　噴水の如く『切』にすることはできるのか？

「わたしには分りかねます。おそらくアブドゥル・アルハザードなら全ての問いに答えられるのではないか、と……」

「アルハザードが執筆した『死霊秘法』なら禁書書庫にあるのだが、まさか『自ら種を蒔いた難儀を収束するため借り出したい』とも言えぬ……」

ウマル皇子は珍しく溜息混じりに呟いた。

「この天球儀とアストロラーベには『手引書』は付いていなかったのでございますね？」

「付いてはいなかった。それなのに職人たちに部品を作らせ、自分で組み立て、触れてしまうとは我ながら迂闊だった」

「『手引書』にあたるものが付いていなかった、ということは、『これを考えた者にとっては手引書など不要なくらい簡単な機械だった』ということではございませんか？」

「かも知れぬ。しかしさらに出鱈目にあちこち触ると、事態はさらに悪化するやもしれぬ」

「天窓に映っているのが異界の天体ならば、この異界のアストロラーベで観測してみる、というのは如何でしょうか？」

ウマル皇子は幼い子……特に女の子は苦手だったが、この子……ファティマはだけは例外のような気がした。まずまだ幼い割りには学問——とりわけ天文の素養があるような気がした。

もしかすると故郷の村はそのようなことを幼子にも教えるところだったのかもしれない……。親たちの多くが船乗りや漁師であったり、または占星術師や、滅ぼされた国の神官の末裔だったりする集落の子供たちは、稀に学者志望者並みの英才教育を受けさせられることもあるという……。

（もう少し長じたら、側室に……）

とも思ったものの、いまから寵愛したら後宮でほかの姫たちの妬みを受けてどうにかされてしまうかも知れなかった。すでに今宵、こうして長い時間私室にとどめ置いているだけでもかなりの問題だった。幼いが故に、有らぬ噂を立てられるのは必至である。均衡を取るためには、いまから数日は年長の姫と夜を過ごせば良いはずだが、ただいま現在、とてもそんな余裕はない……。

ファティマは椅子の上に乗って東西南北の窓の外を順番に眺め渡していた。

「いまのところ、異変は天頂のみで、まだ四方の角度の低いところには降りてきてはいないようです」

「だが、先は分らぬ訳だな？」

「やがて天頂と同じように、じょじょに異空に覆い尽くされて行きましょう。私たちと同じように、異変に気が付く者も増えて行くことでしょう」

「そうなる前に一刻も早くなんとかせねば……。だが『死霊秘法』はまずい。あれを盗み出すのは世界中の大泥棒をもってしても難しいであろう。当然、何をどう試みても騒ぎが起る……」

「皇子さま……。殿下……」

ファティマは改まって言った。

「……皇子さまはこの小さな国のささやかな玉座をお望みですか？」

「何故かようなことを尋ねる？」

皇子は彼女の瞳をみつめ返した。

「世界は一つではございません。天空には無数の星星があり、そのうちのいくつかは私たちの棲むこの世界と、似たような世界を持つ星がいくつもございます」

「そなたは何故そう思う？」

「滅んで……滅ぼされて久しいわたしの故郷の村の言い伝えにございます。岩山に洞窟には岩絵もございました」

「私がこの国の王になるのは神がお命じになられた宿命だ」

「ではその運命を変えてみたいとは思われませんか？」

「例えば、どのように？」

「たとえば、この天球儀が表わす世界に『幻夢境』と呼ばれる世界があり、そこのイレク・ヴァドの翡翠の玉座に就けば、永遠に好きな夜空を眺めて暮らすことも可能でございます」

ファティマは、細い小さな指先で、触れず、指さすように天球儀の一角を指さした。

「そこの王は孤独ではないのか？　ほぼ全ての王はおしなべて孤独なような気がするが……」

天球儀には雲英輝石で出来た背の高い背もたれと、脇息がある玉座が映し出された。

「どなたでも好きなものばかりに囲まれて過ごせば、孤独ではございません」

「しかし、楽しいことを共に語る相手が居なければ空しい」

「わたくしで良ければ、未来永劫にご一緒申し上げます。『幻夢境』では何者も年を取りません」

「ファティマ、おまえが一緒に居てくれるのか？」

天球儀は玉座に座ったウマル皇子と、寄り添う幼いファティマを映し出した。

「『幻夢境』以外にも、ヤディス星という魔導師たちの星もございます。そこは職人組合の親方株のように定員制なのですが、いまなら幸いなことに数億年、数十億年ぶりにズカウバという由緒有る大名跡の名が空いており、ご用意できます」

「いなくなったズカウバは一体何をしたのだ？」

「……あくまで噂にございますが、何でもダオロスという宇宙の混沌の根源である神を召喚、どうこうしようとして、逆に取り込まれた、とか……」

　ウマル皇子は迷った。

（一生、一日じゅう好きなことをしていられる。おまけにそれはよほどの失敗をしなければ永劫に続けられる……）

　けれども俄には信じかねる処も多多あった。

　そもそも、このファティマという幼い少女は、どうしてこんなにいろんなことを知っているのだろう？　百人目の姫として最後に現れ、答えにほぼ淀みがない。もしも「自分の、ファティマの前の女性たちのあしらいを見て、皇子には大人の女性の姿をして現れるより、幼い姿のほうが良いのでは」という深慮熟考の末に厠かどこかで咄嗟にこの姿になったのなら、ファティマの正体は大いに疑って然るべきものであり、天球儀を『切る』方法を知っている可能性も高い……。

「『私を、欠員が生じたヤディス星の魔導師に』という有難い話のように聞こえるが、それならば私よりも適任の者がいるのでは？　例えば、アブドゥル・アルハザードとか……」

「アブドゥル・アルハザード……彼の者の狷介（けんかい）ぶりは、宇宙の果てから果てまでに鳴り響いており、唾棄（だき）されております」

「では、そなたの話が信じるに足るものであるという動かぬ証拠を見せてくれ。……たとえば、現在、天窓のみに映っている異世界の星星を、もとの正しい星辰（せいしん）に戻してくれ」

「元に戻して差し上げたら、断られるやも知れません。こういうのは如何ですか？」

　ファティマが両手を大きく広げて輪を描いて舞うと、東西南北それぞれの窓に映っていた『この世界』の星座がたちまちのうちに見たことのない別世界の夜空に切り変わった。

　ウマル皇子はそれぞれの窓に駆け寄って、身を乗り出すようにして眺め渡した。この世界では薄ぼんやりとしか見えない星の雲がクッキリと鮮やかに、それも色濃く見えている。無数の星がぎっしりと集まりひしめく見た事も無い光景。言葉では言い表せない異様な景色が広がっていた。

「美しい……。この世界から見上げる夜空も素晴らしいが、これはまた格別。……だがしかし、幻影師が見せている幻影ではないという証しはあるのか？」

　ウマル皇子は愛用の写生帳を取り出して、思わずスケッチを始めかけた。

「そう仰られるのなら、何をお見せしても、何を成してみせても同じこと。もはや、あなたがたの宗教と同じく『只、信ぜよ』としか申し上げることはございません」

ウマル皇子はファティマに『分った。しばし考えたい。それまでしばらく後宮に帰って良い。人を呼んで付けよう』と言おうとしたが、その前に彼女はさながら砂漠の蜃気楼のように跡形もなく消え去っていた。

（あの子ならば後宮に戻っても……いや、何処のどのようなところに戻ってもいじめられるようなことはあるまい……）

そんなことを思いつつ、改めて四方の窓を眺めると、異様な星空はそのままだった。

（このままではいつか宮殿の誰かが、もとい臣民のうちのだれかが、遊牧民のうちの一人が気が付いてしまうに違いない……。とはいえ、イレク・ヴァドやヤディス星に赴くのはなんとも気味が悪い……。この際アルハザードでも何者でも構わぬ。国内外の優秀な魔導師を呼んでファティマの正体を暴かせて討たせようか……。あのようなあどけない姿をしているが、本来の姿は二目と見られぬ醜い化け物・怪物に違いない……。だが、もし万が一魔導師たちがあえなく返り討ちに遭ってしまったら……）

不安は尽きることがなかった。

次に皇子は、他人を頼らずに自らこの状況を何とかできないものかを考えた。

（すべてはこの天球儀とアストロラーベを作らせてから起きたことだ。これらを再びバラバラに分解すれば、あるいは人目を避けて炉の中に放り込めば、元に戻るやも知れない。だが戻らぬ時はどうする？　手掛りは無くなる、ファティマの皮をかぶっている者は激昂するやもしれぬ……）

失敗は絶対に許されない……。

皇子は試しに、東の空に挙がっている奇妙な星星のうち、最も青く光り輝いている星の地上からの角度を測り、次に二番目に赤く輝いている星との角度と表示される距離を測ってみた。

（……確か、アブドゥル・アルハザードの著わした『死霊秘法』に依ると、『星晨が揃う時に正しい呪文を唱えると、いにしえの邪神たちは甦り、解放されて、こちらの世界に再び現れて君臨する』という話を聞きかじったことがあるが、それは『この世界の星晨』のことか、それともいまこの窓から見えている『異世界の星晨』のことか。それとも『両方の星晨』のことだろうか……。とにかく『レンの硝子』とは違って、この天球儀とアストロラーべはそれらを確認しつつ測る道具であることにほぼ間違いない。しかも確たる意思を持って触れるだけで映し出したり計測できる優れ物だ。「入・切」や細かい制御もできるようだが、一度動かしてしまうと、噴水のように即座には停止できない……。水夫たちが長い時間を掛けて全ての帆を張った船が、一瞬でその帆を巻き上げるのは、それこそ魔法だ。

いろいろなことに思いを巡らせているうちに、次第に東の空が白んできた。皇子は少しうとうとと微睡んだだけで、眠ることは出来なかった。

翌朝、ウマル皇子は宦官長を呼んで、後宮にいるファティマという少女の出自を調べさせた。

案の定、書類はほとんど空欄で、とある有力な奴隷商人からの献上されたうちの一人で、遥か最果ての『深紅の砂漠』と呼ばれるところの、滅んだ部族の末裔、ということになっていた。

もうこうなったら仕方がない。やはり何が何でも『死霊秘法』を閲覧するしかない。

そこにはたぶん『星晨が巡り会う』ことや、『深紅の砂漠』に関することなども記されているに違いない。だがしかし、宮殿の図書館の蔵書はいかにもまずい。もし誰かと鉢合わせしてしまったら？　司書たちは顔なじみの者も多い。自分が密かに閲覧したという証拠を残してしまったら？　ウマル皇子ははたと思い付いた。

（この世界にある『死霊秘法』は我が図書館にある一冊だけではない。例えばヴァチカンの禁書庫にも蔵されていると聞く。

遥か宇宙の果てにあるイレク・ヴァドやヤディス星に行くことができると言うのなら、ローマのヴァチカンに行くことや、もしくはそこの景色を見ることはよりたやすいことであろう。もしも何かの拍子にこちらの姿形を見られても、自分の身分を知る者はおそらく誰一人おらぬのではないか？）

皇子は念のため、掃除の道具などがしまわれている使用人の控え室の棚から召使いの服の予備を取り出して着替えると、朝日が当たりはじめた天球儀の前に座った。

急がなければもうじき朝の祈りの時間になってしまう……。

（ヴァチカン、サンピエトロ寺院。禁書書庫。『死霊秘法』）と彼は無心に祈った。

（この道具は『レンの硝子』とは異なる物だ。『時間・空間などを細かく指定できる』のだ。だから、そこここに動かせる目盛りがたくさん付いているのだ）すると、不思議なことに天球儀がくるくると回り出し謎の文字と目盛りが勝手に光って例の湖を映していた天球儀の画面部分に、いかにも黴臭さそうな書庫が映し出された。

（『死霊秘法』だ。他の本に用はない！）

すると、中の一冊が宙空に抜き出されて、皮の表紙が開き、パラパラとめくれた。

（「星晨が揃う、揃える」とは如何なることか？）

すると、とあるページが見開きの状態で静止した。

クトゥルー、クトゥグア、シュブ＝ニグラス、アザトース、ナイアーラトテップ、ヨグ＝ソトース、ダオロス、ゴルゴロス……

ほかにも聞き馴染のない、どう発音するのかも分らない古の邪悪な神神の名前とともに、星晨の図がいくつも示されていた。

手元にある「異世界のアストロラーベ」と照らし合わせると、どれも目盛りを合わせることができるものばかりではないか！

しかし問題もある。あのファティマと名乗る幼い女の子の、邪悪なる神、またはその使徒・眷属としての正体や真実の名前などが分らないことには、どれを写してよいか分らない……。

（ならば『深紅の砂漠』『無名都市』だ！）

するとまた風に吹かれたようにページがめくれて、見開きが示された。

岩絵の写しと思しき挿絵には、鰐(わに)の姿をして這う人間や、大昔の翼龍に似たものの姿が描かれていた。

場所は『セラエノ』 皇子がアストロラーベに向かって念じると、とある古代文字が浮かび上がって光った。

神……邪神としての真の名前は確定できなかったが、どうやら『ハスター』らしかった。

間違っているかもしれなかったが、試してみるしかなさそうだった。

そうこうするうちに「向こう側」ヴァチカンの禁書書庫が受け持ちの枢機卿がやってくるのが見えた。相手は禁書が通路の宙空に浮んでいるのを見て、腰を抜かさんばかりに驚いて、スイス人の衛兵を呼びに行った。

こちらの姿も見られたかもしれなかったが、もし見られたとしても異国の異教徒の使用人の姿のはずだった。肝腎のヴァチカンの蔵書の『死霊秘法』は残念ながらちゃんと読む時間がなかった。索引(さくいん)のようなものがあるのかないのかも確かめられなかった。だが、霊感と言うか、著者であるアルハザードの心に触れたような気はした。

『読んでどうする？　お前は王族の癖に、予め(あらかじめ)模範解答を丸暗記してから試験に臨む類なのか？　そんなことをして楽しいか？　面白いか？　愚の骨頂じゃ！　儂……アブドゥル・アルハザードならどうするか、どうしたか、など、例え邪神に貪り(むさぼり)喰われても考えるな、戯け(たわけ)者めが！　自分ならこう考える。こうしたいと思うことを先ずやってみよ！　それでもし上手く行かなければ、先人が試みたことをやってみるのも一興やもしれぬ』

嗄（しゃが）れた声が聞こえた。

ウマル皇子は考え直した。

（天球儀もアストロラーべも、設計図を含めて世界に一つのものではない。

ただの道具に過ぎない……。

では、道具とは如何なるものか？　哲学的なことはさておき、使う者の上手下手があるものだ。剣然り、槍然り。傭兵を採用する係の役人は、町や村で賞金を懸けて試合を行って、『これは』と思った者を雇うと言う……。

『この世界』に『この世界のものに在らざる』天球儀やアストロラーべの設計図があった、ということは、もしや組み立てて使いこなす者を選び出すためでは？　ファティマは有能な兵士……下僕を探しているとしたら？　だとしたらイレク・ヴァドの翡翠（ひすい）の玉座や、ヤディス星のズカウパの話には乗らないのが賢明だろう。利用されて使い捨てられそうだ。では、上手く断るにはどうすれば良いか？　ファティマの正体は不明なものの、到底まともに戦って勝てる相手ではなさそうだ……。

納得、得心（とくしん）して引いてもらうよりない。そのためには……）

皇子は他国の有能な族長や将軍を引き抜こうとした時のことを思い出した。

（もとより金品、地位や名誉で動く者たちではない……）

断りの文言は、大抵「唯一神の思し召し」のようなものだった。

では、ファティマにとっての神とは如何なるものだろうか？

（この天球儀とアストロラーベについて、自分が知っている類似のものは『レンの硝子』しかない。では「レン」とは何か？　おそらくは地名だ。地名ならそこが天空の果てであろうと調べる手だてがある！）

皇子は恐る恐る、またあの天球儀とアストロラーベを取り出し、念のために控えておいた呪文を抽斗（ひきだし）から取り出して、間違わぬように慎重に唱えてみた。

「うすごす　ぷらむふ　だおろす　あすぐい…　来たれ　奇怪なる無限の多胞体にして幾何学を越える形を持つ者よ！　おお　汝（なんじ）視界のヴェールを払い除け、彼方の実在を見せる者よ……」

（レンは何処か？　レンのある星を示せ！）

天球儀の画面が切り替わり、輪を伴った惑星…現代なら誰でも知っている土星や、大きく縞のある惑星…木星、火星と、金星、水星に挟まれた青い星のメッカのあるアラビア半島北東の大陸のあたりを示した。惑星たちは、赤く燃える太陽を中心とする軌道を描いて回っていた。

（『灯台もと暗し』ひょっとして、レンとは『この世界』『この星』にあるのか！）

意外と言えば意外だったが、古（いにしえ）のムーやアトランティス、レムリアも『この世界』にあったとされるなら、レンもこの世界の奥地の何処かとしても不思議ではない……。

まずはレンの都市、サルコマンドと呼ばれているらしい……。かつては繁栄していたと言われるが、いまはいたるところ崩れかけた廃墟である。角と蹄のある人間に似た住民たちがいる……。都市の中央の広場には二頭の有翼の獅子像が護る地下に通じる階段が見える……。

（地の底深くに赴くのは、アルハザードやズカウバでもない限り、どう考えても利口ではないだろう。そもそも、この天球儀やアストロラーベが地下深くでも作動するといった保証がない。他には？）

灰色の荒涼とした土地に点点と石造りの家家が見え、先ほどの角蹄人たちの他に、灰色がかった白い油ぎった肌に目のないヒキガエルのような顔に桃色の短い触手が生えている者共がいる……。

黒い塔を伴う黒い修道院ふうの建物もある。修道院は環状の石板群に囲まれていて、同心円形の迷路のようだ。壁面には何やら画が描かれているものの、これ以上の拡大は難しいようだ……。あと、いまの操作で天球儀に数カ所、かすかな筋状ヒビが走ったのも気になった。

残された時間も長くはなさそうので、例のアストロラーベで天窓や四方の窓に映し出されている未知の星座の角度などの数値を写し取った。スケッチは前もってしてあった。

と、扉を叩く音がした。

「叩かぬように」との札が掛けてあるにも関わらず……。皇子は慌ててアストロラーベを懐の中に隠した。

ファティマが部屋を見渡しながら入ってきた。皇子には幼い彼女の瞳の奥底に胡乱さと狡猾さがいや増しているように感じた。

「そろそろ決心されましたか？　良きご返事を……」

「……この天球儀は、異世界を映し出し、つながる。聞けば『レンの硝子』にも似たような力があると聞く。『レンの硝子』の産地であろうレンを治めている者がいるところなら行ってみたい」

ファティマは微かに、ほんの微かに頬を緩めたように見えた。

皇子は（しまった！）と思った。（ほんの僅かにだがホッとした表情だ。……と言うことは、明らかに不可能なこともあった、ということだ……）

「さすがはウマル皇子殿下。お目が高い！　イレク・ヴァドの翡翠の玉座や、ズカウバの名跡などより価値があるやも知れませぬ。その御意、お叶え申し上げましょう！」

気が付くと、つい先ほど天球儀の映像で見たばかりの、石板で囲まれた黒い石造りの修道院の、青銅の扉の前にいた。

石板には、角蹄人たちが、どこからかやってきたヒキガエルに似た顔の怪物たちに征服されて行く様子が絵巻物ふうに描かれていた。

ゆっくりと眺めたいことこの上なかったものの、暇がなかった。

（……まぁ良い。ファティマが「可能」と答えた場合は想定してある。問題はひとえに策が通用するかどうか。だ……）

皇子はファティマに案内されて黴臭い階段を登り、院長室の前に来た。扉の前には天球儀に浮かび上がる文字と同じ種類の文字で書かれた小さな象牙の板が掛っていた。ファティマはつま先で立ってその板を手にとって裏返した。裏にも何やら文字が書かれていた。それから化け物の頭を象った真鍮の取っ手を掴んで押し開いた。

「扉を叩かなくて……良いのか？」

「その必要はありませんでしてよ！　何故なら……」

ファティマ……もしくはファティマの姿をしているこの者こそが部屋の主『語るもおぞましいレンの修道院長』だった！

部屋を見渡すと、サナアの宮殿の側塔の自室のように、設えた天窓があった。硝子は、これこそが『レンの硝子』と呼ばれるものであろう。皇子が見慣れた世界（地球）の懐かしい星晨、星座の数数が煌めいていた。

広い居間の東西南北には大きな窓が開けられていて、天窓と同様、心持ち玉虫色に輝いていた。

（我が国イエメンにはこのような大きな硝子窓はない。ヴァチカンやヴェネチアには素晴らしいステンドグラスのある教会があるらしいが、暑い砂漠の、戦の絶えないところではありえない……）

四方の窓の向こうの星星も『我が世界』の星星だった。ファティマをはじめとするレンの住人たちからすると、皇子の世界の天空は憧れの風景に違いなかった。それぞれの大窓の前の机の上には、大小さまざまな天球儀やアストロラーベが置かれているのも皇子の居室と酷似していた。

（私が面倒なことは、ファティマも面倒なのであろう……）

工作をするための作業机もあり、大小さまざまな大きさの丸や楕円や四角に削った数数のレンの硝子がさながら水晶の硬貨の如く無造作に積み上げられていた。

「これは？」

「いろいろ試してみたいことがありまして……」

（そなたの力を持ってしても出来ぬことがあるのか？）

声に出して言い掛けて、思わず言葉を飲み込んだ。

「星晨を渡る船にも依らず、大きな鳥のような生き物にまたがり乗ることもなく、脳髄だけになって金属の缶に入るなどして一瞬にして星と星のあいだを移動できるというのに、まだこの上何を求めるというのか？」

ファティマも何かを答えかけて黙した。

「……例えば、サナアでその名を教えられ、名跡を継ぐことを勧められたズカウバの如く、宇宙の混沌、無限の多胞体にして幾何学を越える姿をした神ダオロスの正体に迫ろうとしている、とか……」

積み上げられた大小の硝子の小山が、玉虫色に煌めきながら少し崩れた。

「これは失礼した。サナアの宮殿と、ここレンの修道院の行き来の仕方さえも知らぬというのに、余計なことを……」

「それは容易にございます。人にして道具を使う場合は、アストロラーベで殿下の星のある銀河・星雲の方向・角度を計測し、値を控え、覚えて念じるだけです。ただし、人が作ったアストロラーベは一度の使用で塵に還り、やり直しがききませぬ故、お気を付けなさいますよう。アストロラーベに限らず、下等な人間が作った物品は、どの世界でも概ね痛み壊れるのが速うございます」

皇子は、職人たちに部品を作らせ、自分が組み立てていま懐の中なあるアストロラーベを一度も使っていないことに心から安堵した。

「星や星雲、星団の如く輝いているものならまだしも、漆黒の闇の果て、時の果てはどのようにして測れば良いものか？　ダオロスという神に訊ねることができれば良いだろうに……」

ファティマの視線が窓の彼方を漂った。

どうやら、ギリシア・ローマやエジプト・メソポタミアの神神たちが仲が良くないことが多いように、レンを取り巻く神神の仲も概して良くないようだった。

この隙に、皇子は懐からアストロラーベを取り出して、自分の世界のある星の海の方向を計り、語呂合せを考えて暗記した。

もう、いますぐ帰りたいのは山山だったものの、そうしたらファティマは追ってくるかもしれない。もしも追ってきて奇怪な正体を顕わにし、巨大化し、激怒したタイタンの如く地上の町や村を蹂躙したら……。

(ファティマならダオロスが棲むという混沌の根源、闇の中心の場所を知っていることであろう。アストロラーベなり、他の方法でそちらに探索に行ってもらうことができれば……)

ウマル皇子は心から願ったが、これぱかりは願うだけではその通りにならなかった。手持ち無沙汰にファティマの作業机にあるレンの硝子のうち、形の似通ったものばかりをボードゲームの駒のように積み上げた。

(いままで見たレンの硝子は、どれも窓のような平面ばかりだった。

もしも、硝子の器かコップのように、延延と積み重ねるだけ積み重ね、もしくは、後宮の女たちが暇潰しに遊ぶ如く、象牙の骨牌のようにテーブルの上に立てて並べられるだけ並べ、それを混沌の根源に向けて、覗き眼鏡の如く覗いてみたらどうなるのか?)

「どうかされましたか?」

ウマル皇子は自分の思いついたことを述べた。

「それはまだ試したことがございません。一度作ってみる価値はありそうですね……」

皇子はファティマの気が変わらぬうちに机の上のレン硝子の球、塊の数数を窓に向けて象牙の骨牌のように並べ始めた。押せば全てが順番に倒れ去るような等間隔で。

ダオロスの住処、闇と静寂(しじま)のみの処、時も果て消えると言われる彼方……。それがレンから見て東西南北のどの方向にあるかは分からない。なので、東西南北の全ての机の上に列を作った。

天球儀はファティマの収集品がいくつか置いてある。

「ダオロスの住処(すみか)を示せ！」

すると、東西南北のテーブルに象牙の骨牌の如く並べたレンの硝子の列が、まるで生き物の如く蠕動(ぜんどう)し続けて一定の方向を向かなかった。

(もしや……特定できないのか？　或(ある)いはあらゆる方向に存在する……？　この天地にあまねく存在しているとでも言うのか？

四方向の硝子と天球儀がそれぞれの方向を向くということは、ダオロスの住処は一箇所ではない、ということか……)

「私もそんな気がしていましたわ！」

ファティマがそわそわとし始めた。

「人ならぬそなたでも宇宙の真理は分らぬのか？」

「そもそも、何をもって真理とおっしゃいます？」

「始原の神、ダオロスの成せる業、或はその意思なのか？　そなたと、そなたの仲間、あるいはアルハザードやズカウバのような不世出の魔導師たちも見たことが無く、知らぬと申すのか？」

しばしの間があった。

『……わたくしもそれを知りとうございます』

「それは良かった！　今宵いま、我等の願いが叶うやも知れぬ。まずは私が覗いてみよう！　この考えを思い付いたのは私だ！　私がまず覗いてみよう！　それに万が一、覗かれたダオロスが気付いて、触りを成すという懸念もある！」

「待て！　人間如きが一番に宇宙の真理を見ようとはあってはならぬこと！」突如ファティマの声色と態度が豹変した。「――その資格を持つのは、ダオロスと同じ神格を持つ我……レンの主。それにそもそもこれらのレンの硝子の持ち主は他ならぬ我。我こそが先ず見て知る権利を有する者である！」

ウマル皇子はファティマに座を譲り何か異変が起きることを祈った。彼女が無事にダオロスの正体を知るだけだと、自分は最初の約定の通りイレク・ヴァドの翡翠の玉座に就くか、ヤディス星でズカウバの名を継がなければならなくなるかもしれない……。

硝子の列の端を覗いていたファティマの表情が次第に歓喜に変わった。

「これが……　これが宇宙の根源、混沌の中心、時の果て、ダオロス……」

と、東西南北の窓の彼方から、朧（おぼろ）げな異形たちがやってくるのが見えた。サナアの宮殿の皇子の居室の天窓にも映っていた者たち……即（すなわ）ち、深淵の海底に棲む無数の触手を持つ巨大な蛸（たこ）のようなもの。湖の底に潜む巨大翼龍のようなもの。空を覆い尽くすような回転する幾何学的な多胞体の群れ……。彼等は明らかにファティマをこの上ない不都合とする甚（はなは）だしい怒気を放ちながら。耳をつんざく轟音と共に窓と結界を粉砕した。

　結界を構成していた何かが水晶よりも煌びやかな結晶の粉塵となって部屋全体に降り注ぐ。侵入者達はそれを吹き飛ばしつつ一斉にファティマに襲い掛かった。禍禍しい悪意と害意が火花を散らす。

『オノレ、まいのぐーら！　ないあーらとてっぷト同様ニ下等ナ人間ニ関ワロウトスルカ!?』

　ウマル皇子の脳随にそんな思念が響き渡った。

　ファティマの姿が一瞬で変化した。背中に蝙蝠（こうもり）か魔神のような羽根が生え、両眼は龍と昆虫を合わせた総てを嘲笑（あざわら）う如きものになり、その口は深き海底に棲む小さな牙に縁取られた『口のみの巨大な魚』のように裂けた。そして髪が無数の蛇か触手の如く変化し始めた時、皇子はメデューサの伝説を思い出して咄嗟に目を逸らせた。うねうねと動く頭足や鋭い鉤爪（かぎづめ）でファティマに襲いかかる。が、その寸前全ての動きが停止し、蛸と翼竜の怪物は一瞬のうちに石化し崩れ果てた。彼女の赤光を放つ瞳と触手の髪をまともに見てしまったのだ。雲霞（うんか）のような多胞体は間一髪石化を免（まぬが）れて壁の上部にへばりついた。変貌（へんぼう）したファティマが地獄の獣じみた咆（ほう）

哮をあげると結界が復活し、周囲の空間から数十本の稲妻が襲いかかって多胞体たちは塵と化した。その周囲の空間が粘るように歪み、塵を全て飲み込んで消えた。

ファティマが襲撃してきた異形たちを退け、そのままレンズを覗き込もうとする気配がした。恐怖のあまりなのか本能に突き動かされたのか分からない。ウマル皇子は咄嗟に手近にあった大きな器具——分度器とコンパスが融合したような奇妙な物——を掴み、力任せにすぐ傍のレンズに叩きつけ吹き飛ばした。一つのレンズの列が崩れると、全てのレンズの列が崩れ果てた。

皇子が最後に見たのは、七色に輝く光のような砂が、レンの硝子の列に吸い込まれ、窓に向けた側から無数の直線と曲線の虹となって放出される光景だった。

『再び戻ること勿れ！』

ウマル皇子は全身全霊を込めて懸命に祈り続けた。放出が終わったかと思うと、四つの机の上に並べてあった硝子の列は一斉に粉粉に砕けて消え去った。ファティマの収集品だった天球儀やアストロラーベも砕け、塵となって消え去った……。

ウマル皇子は、ファティマがその化け物としての力ですぐに戻り帰ってくることを懸念した。しかし、そのまま待ち続けているのも空しいと思って、ゆっくりと部屋を出て静かに扉を閉めた。出がけに砕け散ったレンの硝子のうち比較的大きなものを拾い集め、ハンカチに包んで持ち帰りかけて、思い直し、躊躇った末、元のようにばらまいて立ち去ることにした。扉に掛っていた、何か文字が書かれた小さな白っぽい板が気になった。

（……もしかしたらこれは、自分が私室の扉に掛けてあるのと同じ「在室」や「留守」などを示すものではないだろうか。だとしたら、いまは「在室」が表を向けられているはずだ）

皇子は恐る恐る板を手にとって、裏返して掛け直した。これで理屈からすると「留守中」が表になったはずだった。ファティマの手下たち（みかけないがもしいるとして）が主に起きた異変に気付くのが若干遅らせることができるかもしれない、と淡い期待を抱いた。小走りに駆けて、修道院の玄関へと出た。石板に描かれた絵の数数など、見学せずに帰るのは一抹の残念を感じたものの、文字通り長居は無用だろう。いつあの角蹄人や人に似たヒキガエルたちがやって来るやもしれぬ……。

皇子は懐からアストロラーベを取り出した

目盛りを先ほどファティマの部屋で暗記した現在位置に合わせた。行き先と思われる自らが生まれ育った星系の青い星に合わせた。

『我を元の場所に！』

すると、摩訶不思議なことに、ファティマに連れられてきた時と同じく、一瞬にしてサナアの宮殿の私室に帰っていた。ただ、アストロラーベはファティマが言ったように崩れ去った。その、職人達に部品作らせて自分が組み立てた天球儀も崩れ去って塵の山になっていた。その他の所持していた普通の天球儀やアストロラーベは無事だった。

（やれやれ……）

と思いつつ、皇子はファティマが復讐のために舞い戻ってくることを恐れた。警備の魔導師を雇おうかとも考えたが、アルハザードやズカウバのように抜き出た者ならともかく、無駄のような気がした。そこで皇子は勤めて楽観的に考えるようにした。

（ファティマは念願の宇宙の神秘に辿り着くことが出来て喜んでいるやもしれぬ。もしかしたら感謝してくれているかもしれぬ。案外ダオロスとやらと仲良くしているかもしれない……。

「向こう」では僅かな時間でも「こちら」では「永遠」にあたるくらいの時間かもしれない。

天窓や四方の窓から見える星晨は、すっかり元通りになっていた。

（趣味を続けても良いのだ！）

そう思うとかつて感じたことがないくらいの幸福感がこみ上げてきた。

（もしファティマが舞い戻ってきたり、似た者がやってきたら、その時はその時のこと！）

窓から見える満天の星座を見渡しつつ、ウマル皇子は折に触れ、（いま一度あの設計図の天球儀とアストロラーべの部品を再び職人たちに分担して作らせたらどうなるのだろう？）とぼんやり想像してみたりするのだった。

クトゥルー闇を狩るもの

2020年 8月 13日　初 版 発 行

著　者　新熊　昇 他
発行者　青木治道
発　売　株式会社 青 心 社
〒550-0005 大阪市西区西本町 1-13-38
新興産ビル720
電話　06-6543-2718
FAX　06-6543-2719
振替 00930-7-21375
http://www.seishinsha-online.co.jp/

落丁、乱丁本はご面倒ですが小社までご送付ください。送料負担にてお取替えいたします。

印刷・製本　モリモト印刷株式会社
ISBN978-4-87892-430-9 C0193